Kommissar Schlotterteich
lässt nicht locker

Christian Tielmann wurde 1971 in Wuppertal geboren. Er studierte Philosophie und Germanistik in Freiburg und Hamburg. Heute lebt er in Köln und schreibt Kinder- und Jugendbücher.

Heribert Schulmeyer wurde 1954 in Köln geboren. Er studierte freie Illustration und Grafik in Köln, wo er auch heute lebt und arbeitet.

Christian Tielmann

Kommissar Schlotterteich lässt nicht locker

Rätselkrimis

Ertappt!
Erwischt!

Mit Illustrationen
von Heribert Schulmeyer

CARLSEN

Außerdem von Christian Tielmann im Carlsen Verlag lieferbar:
Die Rivalen 1: Ein Zwilling kickt selten allein
Die Rivalen 2: Runter vom Rasen, Jungs!
Die Rivalen 3: Total verschossen!
Die Rivalen 4: Ein Torwart auf dem Reiterhof
Die Rivalen 5: Verraten und verspielt
Die Rivalen 6: Eine Schwalbe macht noch keinen Sommer
Geschnappt! Neue Rätselkrimis
Kommissar Niklas und die Schlittenschieberbande
Verflixt und zugeschneit!

Sonderausgabe
Veröffentlicht im Carlsen Verlag
Juni 2007
Juli 2002 (CTB 187)
Juni 2003 (CTB 192)

Umschlagbild: Heribert Schulmeyer
Umschlaggestaltung: formlabor
Corporate Design Taschenbuch: Dörte Dosse
Gesetzt aus der Minion und Trixie
von Dörlemann Satz, Lemförde
Druck und Bindung: GGP Media GmbH, Pößneck
ISBN 978-3-551-35653-6
Printed in Germany

Inhalt »Ertappt!«

Inhalt »Erwischt!«

Ertappt!

Kommissar Schlotterteich

Peter Schlotterteich ist ein alter Hase bei der Polizei. Er hat schon so manchen Schwerverbrecher hinter Gitter gebracht. In dringenden und sehr komplizierten Fällen rufen die Kollegen von der Polizei auf seinem roten Telefon an. Wenn das klingelt, lässt Kommissar Schlotterteich alles stehen und liegen und ist den Verbrechern auf der Spur.

Direktor Armin und die vierzig Räuber

Kommissar Schlotterteich liebt Unkraut. Er pflanzt, pflegt und züchtet Löwenzahn, Moos und Disteln. Eines Morgens jätete er gerade sein Unkrautbeet, als das feuerrote Telefon klingelte.
»Na so was!« Schlotterteich wunderte sich. Schließlich war Hochsommer und die hundertfünfzig schwersten Schwerverbrecher des Landes waren entweder eingesperrt oder im Urlaub. Warum wurde er gerade jetzt aus seinem Unkrautbeet gerufen?
Gefängnisdirektor Armin Armin war am Apparat und bat Schlotterteich, sofort zu ihm zu kommen. Der Kommissar kannte Direktor Armin. Das war kein Mann, der einfach so zum Spaß das rote Telefon benutzte. Wenn der um Schlotterteichs Hilfe bat, dann gab's ein echtes Problem.
»Problem ist gar kein Ausdruck! Es ist eine Katastrophe!«, jammerte der Gefängnisdirektor, als Schlotterteich das Büro im Turm des Gefängnisses betrat. »Ein Glück, dass Sie so schnell kommen konnten.«
Armin Armin wischte sich den Schweiß von der Stirn. »Die vierzig Räuber sind ausgebrochen.«
»Was?« Schlotterteich erbleichte. Die vierzig Räuber

waren eine landesweit gefürchtete Diebesbande. Nichts war vor ihnen sicher. Diese Bande hatte es sogar schon einmal geschafft, die Kirche aus einem Dorf zu stehlen!

Der Direktor nickte.

»Und das ist noch nicht alles. Sie haben auch noch alle Fotos geklaut, die wir von ihnen gemacht haben.« Direktor Armin musste sich auf seinen Schreibtischstuhl setzen. »Aber wissen Sie, was das Allerschlimmste ist?«

Schlotterteich zuckte mit den Schultern. Etwas noch Schlimmeres konnte er sich kaum vorstellen.

»Es sind Ferien.« Der Gefängnisdirektor ließ den Kopf hängen. »Alle sind im Urlaub: Jeder zweite Polizist liegt mit seiner Familie in Spanien am Strand und lässt sich die Sonne auf den Bauch scheinen.«

Schlotterteich krempelte die Ärmel hoch. »Haben Sie schon eine Idee, wo die vierzig Räuber stecken könnten?«, fragte er.

Der Gefängnisdirektor schüttelte den Kopf. »Fünf von ihnen haben wir auf dem Flughafen verhaftet. Aber wo die restlichen fünfunddreißig stecken? Ich habe keine Ahnung. Wahrscheinlich sitzen die schon in einem Flieger nach Übersee.«

»Das glaube ich nicht«, murmelte Schlotterteich. »Ganz im Gegenteil. Können Sie mir vierzig Paar Handschellen zur Verfügung stellen?«

Der Direktor drückte Schlotterteich eine schwarze

FLUGHAF
EINKAUFS
ZENTRUM

Aktentasche in die Hand – randvoll mit nagelneuen Handschellen.

»Haben Sie etwa schon eine heiße Spur?«, fragte der Direktor.

Schlotterteich nickte.

Wo haben sich die Räuber versteckt?

Kleider, Leute, fette Beute

»Das ist das Ende! Der Untergang! Den Laden können wir dicht machen!«

Schlotterteich hatte das Einkaufszentrum kaum betreten, als er auch schon einen wütenden Ladenbesitzer mit seiner Frau schimpfen hörte.

»Da habe ich wohl den richtigen Riecher gehabt«, murmelte der Kommissar.

Kaum hatte er einen Fuß über die Türschwelle gesetzt, wurde er auch schon von den Kunden misstrauisch gemustert. Es war nicht irgendein Laden, den der Kommissar da betreten hatte, sondern der Damen- und Herren-Ausstatter Adelheid und Alfonso Toteles. Dieser Kleiderladen war einer der besten der Stadt, einer der vornehmsten des Landes und einer der teuersten der Welt. Schlotterteich schlug den Mantelkragen hoch. Er kam sich in seinem Straßenanzug fast etwas fehl am Platze vor. So vornehm, wie die Sachen waren, die in diesem Laden angeboten wurden, war keiner seiner Sonntagshüte. Und die Preise waren dermaßen gepfeffert, dass sie noch nicht mal auf den Schildern standen. Umso erstaunlicher war, dass auf einem der Verkaufstische nur Sträflingsanzüge herumlagen …

»Kann ich Ihnen irgendwie helfen?«, fragte Schlotterteich den verdutzten Verkäufer und zeigte seine Polizeimarke vor.
»Herr Kommissar, Sie können sich das nicht vorstellen. Meine Frau hat sich so unendlich blöd angestellt!«, schimpfte Herr Toteles.
»Du bist ungerecht. Das stimmt doch überhaupt nicht!«, protestierte Frau Toteles.
Schlotterteich schüttelte den Kopf. »Können Sie mir nicht erst einmal erzählen, was hier passiert ist?«
»Das wollte ich ja gerade tun!«, rief Herr Toteles.
»Es waren etwa fünfunddreißig Damen und Herren«, fiel ihm Frau Toteles ins Wort. »Die trugen alle diese gestreiften Kostüme.« Sie deutete hinüber zum Verkaufstisch. »Sie kamen angeblich von einem Maskenball.«
»Wie kann man nur so dumm sein und das glauben?«, rief Herr Toteles dazwischen. »Ich habe gleich gedacht, dass das Halunken sind!«
»Sie wollten alle neue Kleider haben. Da witterte ich eben ein Spitzengeschäft. Sie haben sich ganz neu eingekleidet, von der Unterhose bis zum Anzug. Und dann …« Frau Toteles stockte.
»Was dann?«, fragte Schlotterteich.
»Dann sind sie einfach abgehauen.« Herr Toteles schüttelte den Kopf. »Ich stand hier an der Kasse. Und die sind einfach rausgelaufen. Was für ein Verlust für den Laden!«

Schlotterteich kratzte sich am Ohr. Das sah der Bande ähnlich. Nur eins verstand er überhaupt nicht. »Warum glauben Sie denn eigentlich, dass Ihre Frau an allem schuld ist? Sie haben diese Damen und Herren doch auch nicht aufgehalten?«

Herr Toteles sah verlegen zu Boden. »Ich hatte zumindest ein ungutes Gefühl.«

»Aber du hast nichts gesagt. Und du hast auch nicht die Polizei gerufen!«, rief Frau Toteles aufgebracht.

»Ach was, Polizei, Polizei. Die können da doch auch nichts machen. Wie sollen die denn diese Leute kriegen? Keinen einzigen Anzug werden wir wieder sehen.«

»Irrtum, Herr Toteles. Einen der gestohlenen Anzüge kann ich Ihnen sofort wiederbeschaffen.« Schlotterteich holte ein Paar Handschellen aus der Aktentasche. »Und die anderen werde ich früher oder später auch noch finden.«

Was hat Kommissar Schlotterteich entdeckt?

Die Fahrstuhl-Falle

»Na, das kann ja heiter werden«, murmelte Schlotterteich.
Das Einkaufszentrum war eines der größten in Europa. Siebenundsiebzig Läden über sieben Etagen, zwei Kellergeschosse, ein Parkhaus und eine Sonnenterrasse hatte das Gebäude zu bieten. Da galt es, schnell zu handeln. Vierunddreißig Räuber in so einem unübersichtlichen Gelände, das auch noch gerammelt voll war mit Leuten aus aller Welt! Eine bessere Tarnung konnte es für die Halunken kaum geben. Die mussten sich vorkommen wie im Paradies. Der Kommissar ließ seinen Blick schweifen. Aber so scharf er auch hinsah – er konnte keine verdächtigen Gestalten erblicken.
»Ich muss sie kriegen, bevor sie die siebenundsiebzig Läden ausgeraubt haben und sich doch noch zum Flughafen absetzen.«
Schlotterteich warf einen Blick auf den großen Lageplan. Schnell hatte er das Büro des Hausdetektivs entdeckt.
»Auf in den fünften Stock«, murmelte er. Hier würde er bestimmt Unterstützung finden.
Zum Glück konnte er gerade noch einen der über-

füllten Aufzüge erwischen. Schlotterteich musste die Leute ein bisschen schieben und schubsen, aber dann passte er doch noch hinein.
Der Aufzug schloss die Türen, fuhr ein paar Meter in die Höhe und blieb dann stecken.
»Das haben Sie nun von Ihrer Drängelei!«, schimpfte eine Dame, die nur ein kleines Handtäschchen trug und ihren Mann die ganzen Einkäufe schleppen ließ. »Jetzt ist der Aufzug überladen und steckt fest!«
Schlotterteich sah sich blitzschnell um. War hier etwa einer der vierzig Räuber am Werk?
Da ging auch schon das Licht aus.
»Hilfe!«
»Hallo!«
»Was soll denn das?«
Alle riefen durcheinander.
Es dauerte nur zwanzig Sekunden, bis der Strom wieder da war und der Aufzug langsam nach oben zuckelte. Aber diese zwanzig Sekunden hatten einem geschickten Dieb ausgereicht.
»Meine Klunkerkette! Meine edle Klunkerkette ist verschwunden!«, rief die aufgebrachte Dame. »Mein liebstes Familienerbstück!«
Sie verdächtigte sofort Kommissar Schlotterteich. Aber der lächelte nur milde, zeigte seine Polizeimarke und sagte: »Nur die Ruhe, Gnädigste, Ihre Kette bekommen Sie gleich zurück.«
Er öffnete die Aktentasche, nahm sich ein Paar

Handschellen heraus und murmelte. »Hab ich's mir doch gedacht.«
Wer war's?

Kollege, Kollege

Das Büro des Detektivs war nicht gerade luxuriös eingerichtet: Schreibtisch, Stuhl, Videoüberwachung, Garderobenhaken, das war schon alles, was Cornelius Korn zur Verfügung stand. Trotzdem hatte der Mann die herrlichste Unordnung zusammengebraut.

»Ich habe auch noch ein kleines Labor«, sagte Korn und steckte sich eine Zigarre an. »Mögen Sie auch eine, Herr Kollege?«

Aber Schlotterteich schüttelte den Kopf. »Das Rauchen haben mir meine Kinder abgewöhnt.«

Detektiv Korn lehnte sich in seinem Schreibtischstuhl zurück. »Sie lassen sich das Rauchen von Ihren Kindern verbieten? Von diesen kleinen Nervensägen würde ich mir an Ihrer Stelle überhaupt nichts sagen lassen.«

»Sie haben wohl keine Kinder?«, fragte Schlotterteich.

Cornelius Korn wäre fast vom Stuhl gekippt. »Kinder? Ich? Nie im Leben! Ist ja schlimm genug, ständig mit den kleinen Langfingern hier im Haus zu tun zu haben!«

»Die Mitglieder der Bande, die wir suchen, sind allerdings alle erwachsen«, sagte Schlotterteich.

»Ach ja, richtig, die Bande.« Der Hausdetektiv lächelte Schlotterteich an. »Ich habe schon einen Plan, wie wir die kriegen. Und zwar schneller, als die Halunken bis drei zählen können.«
Schlotterteich spitzte die Ohren. Da war er aber gespannt, wie der Hausdetektiv das anstellen wollte.
»Sie geben mir einfach die Fotos, die die Polizei im Gefängnis von den Ganoven gemacht hat.« Cornelius Korn grinste. »Damit setze ich mich an die Videoüberwachung. Immer wenn ich einen erkenne, sage ich Ihnen über Funk Bescheid, wo er steckt. Dann müssen Sie nur noch einen nach dem anderen einsammeln. Das wird der reinste Sonntagsspaziergang.«
»Ja, das wäre nicht schlecht und fast wie im richtigen Urlaub«, sagte Schlotterteich. »Aber die Sache hat einen Haken: Die Diebe haben die Fotos aus dem Gefängnis mitgenommen, um ganz auf Nummer sicher zu gehen.«
Cornelius Korn starrte Schlotterteich an. »Was? – Das ist ja eine Frechheit!«
Der Hausdetektiv kratzte sich am Hinterkopf.
»Und wie sollen wir jetzt vorgehen?«
»Genau so, wie Sie es vorgeschlagen haben: Ich gehe durch das Haus und sammle einen nach dem anderen ein. Damit habe ich sowieso schon angefangen. Und Sie sind der Nächste, Herr – äh, sagen Sie: Wie heißen Sie eigentlich mit richtigem Namen? Na, das

4.08.07
BITTE NICHT
RAUCH
für Papa
JULI-AUGUST
Urlaub
25.7-10.8.

ist ja auch egal, das werden die im Gefängnis schon wissen …«

Schlotterteichs Handschellen schnappten schneller zu, als der angebliche Hausdetektiv gucken konnte.

»Das ist doch die Höhe!«, rief der falsche Herr Korn. »Was fällt Ihnen ein, einen Kollegen zu verhaften?«

Aber Kommissar Schlotterteich schüttelte den Kopf. »Sie haben sich dreimal verraten, mein Lieber. Das ist Beweis genug.«

Welche drei verräterischen Hinweise meint Schlotterteich?

Oma von Runzelsteins Rente

»Hilfe! Ich bin bestohlen worden!« Oma von Runzelstein stand vor der Post und hatte Tränen in den Augen. »Der Mistkerl hat mir die ganze Rente geklaut!«
»Das ist ja wohl das Letzte!« Schlotterteich zeigte seine Polizeimarke vor. »Können Sie den Dieb beschreiben?«
Aber Oma von Runzelstein schüttelte den Kopf. »Das ging ja alles viel zu schnell.«
Ein kleines Mädchen zupfte Schlotterteich am Ärmel und reichte ihm einen Kamm: »Den hat der Dieb verloren!«
Schlotterteich pfiff durch die Zähne. »Es geht eben nichts über eine ordentliche Spurensicherung«, murmelte er.
Das hatte schon der argentinische Ururgroßonkel von Schlotterteichs Frau, Onkel Alvarez, immer gesagt. Und der musste es wissen, schließlich war Onkel Alvarez der erste Polizist gewesen, der einen Fingerabdruck als Beweismittel sichergestellt hatte.
Was Schlotterteich unter seiner Lupe betrachtete, war zwar kein Fingerabdruck, aber fast so gut wie einer: Der Kamm des Täters hatte nur noch ein paar Zinken. Aber zwischen der zweiten und drit-

1A FOTOS
SUPER SONDER ANGEBOT

ten Zinke hing ein Büschel schwarzer, lockiger Haare.
»Das ist doch schon mal was.« Schlotterteich nickte dem Mädchen zu. »Das hast du gut gemacht. Jetzt verrate mir nur noch, wo der Mann hingerannt ist.«
»Da lang!« Das Mädchen und Oma von Runzelstein zeigten in dieselbe Richtung.
Schlotterteich rannte los. Das konnte ja nicht so schwer sein, den Schuft zu finden, der Oma von Runzelstein die Rente gestohlen hatte.
Aber um ein Haar wäre der gemeine Taschendieb Schlotterteich doch noch entwischt.
Warum?

Gute Reise?

»Verflixte Kiste!« Gerade noch hatte Schlotterteich einen Mann, der sich sehr verdächtig nach allen Seiten umgesehen hatte, verfolgt und plötzlich war der Kerl wie vom Erdboden verschluckt.
Schlotterteich glaubte ihn noch um die Ecke flitzen gesehen zu haben. Er rannte hinterher, konnte aber niemanden mehr entdecken. Kopfschüttelnd betrat er ein Reisebüro in der Nähe. Vielleicht war dem Reisekaufmann ja irgendetwas aufgefallen.
Der saß an seinem Schreibtisch und telefonierte.
»Ja, natürlich, Mallorca haben wir im Programm. Das ist kein Problem. Da ist sogar noch etwas frei. Also Hinflug am 30. September, zurück am 15. Oktober. Ja, wird gebucht, Frau Owereidt.« Der Mann legte den Hörer auf die Gabel und sah zu Kommissar Schlotterteich hinüber.
»Einen Moment bitte, ich muss das eben noch eingeben«, sagte er und tippte auf seiner Tastatur herum.
Jetzt war es eh zu spät, aber vielleicht konnte ihm der Mann wenigstens sagen, in welche Richtung sich der Dieb davongemacht hatte.
»Lassen Sie sich nicht stören«, sagte Schlotterteich. »Man vergisst sonst ja doch die Hälfte.«

»Mein Reden, mein Reden«, sagte der Reisekaufmann und tippte weiter.
Schlotterteich sah sich um. Eigentlich hätte auch er in diesem Sommer noch einen schönen Urlaub machen wollen. Aber wohin sollte er reisen? Nach Spanien, um sich am Strand neben all die Kollegen zu legen? Schlotterteich runzelte die Stirn. Die sah er doch schon das ganze Jahr über. Dann lieber zum Nordpol, um sich eine kleine Abkühlung zu gönnen.
»So, nun ist alles perfekt.« Der Herr vom Reisebüro hörte auf zu tippen. »Was kann ich für Sie tun?«
»Haben Sie vorhin vielleicht einen Mann hier vorbeirennen sehen?«, fragte Schlotterteich. »Er war etwa so groß wie Sie und trug einen blauen Mantel.«
Der Angestellte nickte.
»Ja klar, der ist an meinem Schaufenster vorbeigeflitzt, hat sich hinter einer Palme versteckt und sich dann wieder zurückgeschlichen. Ich hab mich schon gewundert.«
»Das ist ja sehr ärgerlich« sagte Schlotterteich.
»Was hat er denn ausgefressen?«, fragte der Reisekaufmann.
Schlotterteich grinste und legte ihm die Handschellen an. »Er ist ein Lügner und heute aus dem Gefängnis ausgebrochen.«
»Aber, aber, was fällt Ihnen ein?«, rief der Reisekaufmann.

NUR
SONNE

»Tja, mein Lieber. Sie haben einen entscheidenden Fehler gemacht!«
Wodurch hat sich der falsche Reisekaufmann verraten?

Carlas Café

Auch der weltbeste Kommissar braucht mal eine Pause. Schlotterteichs Füße qualmten schon. Er ärgerte sich ein bisschen, dass er nicht doch die Joggingschuhe angelassen hatte.
»Es ist egal, wie man aussieht – Hauptsache, es dient der Gerechtigkeit«, hatte Schlotterteichs Onkel Immanuel immer gesagt. Und Kommissar Schlotterteich war sich ziemlich sicher, dass sein Onkel Immanuel mit Abstand der weiseste Mensch in seiner Familie war.
Fünf Verbrecher hatte der Kommissar bereits gefasst – das war für einen Vormittag gar nicht schlecht. Wenn man noch die fünf, die die Kollegen am Flughafen geschnappt hatten, hinzurechnete, waren es schon zehn. So viel schafften manche Abteilungen noch nicht mal in einem Jahr! Aber was waren zehn gefasste Verbrecher gegen dreißig noch frei herumlaufende?
Schlotterteich schlenderte in ein kleines Café, stellte sich an einen der hohen Tische und orderte eine große, schöne, heiße und frisch gebrühte Tasse Kaffee.
»Schlotterteich, bist du das etwa?«, fragte die Besitzerin des Cafés.

Der Kommissar musterte die Dame hinter der Theke. Sie war etwa in seinem Alter und kam ihm irgendwie bekannt vor. Hatte er die etwa schon einmal verhaftet? Oder war sie eine ehemalige Polizistin?
»Sag bloß, du erkennst mich nicht wieder, Schlotterteich; du altes Gänseblümchen!« Die Dame tat beleidigt.
Allmählich dämmerte es dem Kommissar. Die Dame hinter der Theke ähnelte einem Mädchen, in das er vor extrem langer Zeit einmal extrem verliebt gewesen war. Damals hatte er ihr immer Gänseblümchensträuße geschenkt. Aber sie hatte ihn und seine Sträuße nie besonders beachtet.
»Carla?«, fragte Schlotterteich unsicher.
Die Dame nickte, legte den Kopf schief und lächelte ihn an.
»Wie geht es dir?«, fragte Schlotterteich.
Carlas Blick verfinsterte sich.
»Normalerweise geht es mir sehr gut. Ich liebe mein Café, habe die nettesten Kunden der Welt und einen wunderbaren Ehemann. – Aber heute ...« Carla stellte Schlotterteich einen Kaffeebecher vor die Nase und seufzte.
»Was ist los?« Der Kommissar schüttete fünf Löffel Zucker in den Kaffee und nahm einen Schluck. Er war fürchterlich süß, aber lecker.
»Mein Café ist sehr erfolgreich«, sagte Carla. »Und dieser Erfolg hat ein Geheimnis: Ich backe die besten

portugiesischen Törtchen nördlich der Pyrenäen: Blätterteig mit Pudding. Meine Kunden sind alle ganz verrückt nach diesen kleinen Dingern.«

Schlotterteich lächelte. Carla hatte sich in all den Jahren anscheinend überhaupt nicht verändert. Schon damals konnte sie stundenlang von Rezepten schwärmen.

»Aber Carla, das klingt doch alles ganz prima! Wo ist denn das Problem?«, fragte der Kommissar.

Die Dame sah sich ängstlich um. »Ich werde seit einer Stunde erpresst, Schlotterteich. Irgendjemand will mein Geheimrezept für die Törtchen haben! Wie die Übergabe ablaufen soll, hat er noch nicht verraten.«

Das Telefon klingelte. Carla nahm den Hörer ab und erbleichte.

»Ja – selbstverständlich – mache ich – sofort.«

Sie legte auf. »Es war der Erpresser. Ich soll das Geheimrezept in eine alte Keksdose legen. Die Keksdose soll ich zukleben und neben die Kühltheke auf den Boden stellen.«

»Und wenn du dich weigerst?«, fragte Schlotterteich.

Carla zitterte. »Dann wird der Erpresser meine Törtchen vergiften und dafür sorgen, dass kein einziger Kunde mehr in mein Café kommt.«

Der Kommissar legte die Stirn in Sorgenfalten. Das klang ganz nach einem Profi – nach einem der vierzig Räuber.

»Und noch etwas hat er gesagt: Keine Polizei.« Carla standen die Tränen in den Augen.
»Zu spät.« Schlotterteich zeigte ihr unauffällig seine Polizeimarke.
»Wie? Du bist bei der Polizei? Ich dachte, du wolltest Lokomotivführer werden …«
Aber der Kommissar hörte nicht mehr, was Carla noch erzählte: Er schnappte sich ein Paar Handschellen und sprintete los.
Wo hat sich der Erpresser versteckt?

Pinkelpause

Kaum war der Erpresser verhaftet, kehrte Schlotterteich in Carlas Café zurück, trank seinen Kaffee aus und probierte auch eins von Carlas legendären Törtchen. Sie waren wirklich köstlich. Auch der Kaffee tat ihm gut und Schlotterteich bestellte noch eine und noch eine Tasse. Kaum hatte er das Café verlassen, musste er ziemlich dringend aufs Klo. Der Kommissar kannte sich inzwischen zwar schon gut im Einkaufszentrum aus, aber die Toiletten schienen von den Architekten ganz besonders gut versteckt worden zu sein. Als Schlotterteich es endlich geschafft hatte, ein Klo zu finden, war das natürlich nur für Damen.

»Das Männerklo ist eine Etage höher«, sagte eine der Frauen, die ihm gerade entgegenkam.

Schlotterteich rannte die Treppe hinauf.

»Wenn das so weitergeht, fange ich heute keinen einzigen Verbrecher mehr«, murmelte er.

Endlich erreichte er das Herrenklo. Aber als er die Tür öffnete, waren alle Kabinen besetzt.

»Das gibt's doch nicht«, murmelte Schlotterteich und stellte sich möglichst locker in die Warteschlange.

Als er noch einmal genauer hinsah, murmelte er: »Das gibt's doch wirklich nicht!«, und holte ein Paar Handschellen aus seiner Tasche.
Wo steckt einer der 40 Räuber?

Tickt der noch richtig?

»Herr Kommissar, kommen Sie schnell!« Ein kleiner Junge zog Schlotterteich am Ärmel. »Schnell, mein Vater hat eine Herzattacke!«

Er zerrte Schlotterteich in ein Uhrengeschäft. Dort hing ein Herr in einem Sessel wie ein Schluck Wasser in der Kurve. Ein Mitarbeiter fächelte ihm Luft zu.

»Was ist passiert?«, fragte Schlotterteich.

»Ach, es ist schrecklich!«, flüsterte der Uhrenverkäufer. »Ich habe einem Kunden gerade die wertvolle *Leo Rex 201* gezeigt. Das ist die einzige Armbanduhr, die sich automatisch auf die Zeit einstellt, die man gerade braucht!«

Der Mitarbeiter nickte Schlotterteich zu und erklärte: »Mit dieser Uhr können Sie nie zu spät kommen: Wenn Sie dazu neigen, den Bus morgens zu verpassen, stellt sich die Uhr automatisch fünf Minuten vor. Wenn Sie immer zu früh mit ihrer Arbeit aufhören, geht sie plötzlich nach. Ein Wunderwerk der Technik.«

»Allerdings!«, japste der Uhrenverkäufer.

»Die Uhr ist natürlich ungeheuer teuer, müssen Sie wissen«, erklärte der Mitarbeiter. »Denn sie hat sozusagen verschiedene Uhren in sich. Ihre persönliche, innere Uhr und auch noch einige äußere Uhren. Das Ganze ist ziemlich kompliziert, wie Sie sich denken können.«

Schlotterteich nickte. Dass das Ganze ziemlich kompliziert war, war das Einzige, was der Kommissar wirklich verstanden hatte.

»Und was ist nun mit dieser fabelhaften Uhr?«

»*Leo Rex 201*. Tja, wir haben davon nur ein einziges Exemplar hier im Laden, mehr können wir uns ja gar nicht leisten.« Der Uhrenverkäufer seufzte. »Und gerade ist sie geklaut worden. Von einem Mann, der eigentlich nach Batterien gefragt hat. Ich habe mich kurz gebückt, um welche aus der Schublade zu nehmen und schwupps – weg war er!«

»Dann können Sie mir den Mann doch bestimmt beschreiben. Wie sah er denn aus?« Schlotterteich klappte seinen Notizblock auf, um eine Personenbeschreibung aufzunehmen.

»Das ist ja die Katastrophe!« Der Uhrenverkäufer schnappte nach Luft. »Er hatte einen schwarzen Vollbart. Das ganze Gesicht war vom Bart verdeckt.«

Schlotterteich steckte den Notizblock erleichtert ein. Damit war der Kerl doch so gut wie überführt. Wie sollte sich ein Mann mit einem so auffälligen Bart verstecken können? Schlotterteich wollte schon aus dem Laden stürmen, um die Flure des Einkaufszentrums nach einem vollbärtigen Mann abzusuchen,

aber der kleine Junge, der ihn in den Laden geführt hatte, hielt Schlotterteich am Ärmel fest.
»Es war so ein Bart.« Er zeigte dem Kommissar einen billigen Umhängebart.
Schlotterteich verdrehte die Augen. Dahinter steckte einer der vierzig Räuber – keine Frage.
»Wissen Sie noch, was er anhatte?«, fragte Schlotterteich.
Der Verkäufer schüttelte den Kopf. »Ich habe die ganze Zeit nur auf seinen Bart gestarrt und mich gefragt, ob der wohl echt ist.«
Das war ja wirklich ein vertrackter Fall. Der Kommissar trat aus dem Laden und sah sich im Einkaufszentrum um.
»Solange der Dieb die *Leo Rex 201* hat, können Sie den sowieso nicht kriegen, Herr Kommissar.« Der kleine Junge stellte sich neben ihn und verschränkte die Arme vor der Brust. »Mit der Uhr ist er Ihnen immer fünf Minuten voraus.«
»Das kommt darauf an, wie dämlich sich so ein Dieb anstellt«, sagte Schlotterteich und zückte die Handschellen.
Wo steckt der Dieb?

Die geklaute Glotze

»Haltet die Diebe! Die mit den Schweinemasken!«, rief ein Mann, der an Schlotterteich vorbeirannte.
Der Kommissar packte seine Aktentasche fester und sprintete hinter dem Mann her.
»Wen suchen Sie?«, fragte Schlotterteich, als er den Mann eingeholt hatte.
Nebeneinander rannten sie um die nächste Ecke.
»Die zwei Kerle, die mir einen Fernseher geklaut haben.« Der Mann blieb vor einer Mülltonne stehen. »Verflixte Kiste – wo stecken die? Die hatten ganz auffällige Schweinemasken auf.«
»Etwa diese?« Schlotterteich zog zwei Masken aus einer Mülltonne.
Der Mann vom Fernsehgeschäft erbleichte. »Genau die waren es.«
Schlotterteich sah sich um. Mit einem Fernseher als zusätzlichem Ballast konnten die beiden Halunken eigentlich nicht schwer zu finden sein. Außerdem kamen sie ja nicht schnell vom Fleck.
»Laufen Sie links lang. Ich übernehme den rechten Flügel«, sagte Schlotterteich und rannte weiter. Aber an der nächsten Ecke hatten die Kerle die Glotze einfach stehen lassen.

BOT

Schlotterteich seufzte. »Immerhin haben wir den Fernseher wieder«, murmelte er und rannte weiter.

»Entschuldigen Sie. Sind hier zwei Leute vorbeigerannt?«, fragte Schlotterteich zwei junge Männer.

»Die beiden, die da vorne die Glotze hingestellt haben?«, fragte der eine.

Schlotterteich nickte.

»Ja klar, die haben wir gesehen«, sagte der zweite junge Mann. »Die haben sich hier getrennt. Der eine ist mit der Rolltreppe runter ins Erdgeschoss gesaust.«

»Und der andere hat den Fahrstuhl genommen«, sagte der zweite junge Mann.

Schlotterteich schwitzte. Dann schlug er sich mit der flachen Hand vor die Stirn.

»Wie konnte ich nur so blind sein?« Er zückte die Handschellen.

Wen wird der Kommissar verhaften?

Der Banküberfall

Schlotterteich schlenderte die Treppe hinunter. Er kannte einen Ort, an dem er bestimmt zwanzig der Diebe auf einen Schlag verhaften konnte: die Bank.

Als er die Schalterhalle betrat, schien alles seinen normalen Gang zu gehen.

»Dem Braten traue ich nicht für fünf Cent«, murmelte Schlotterteich und ließ sich beim Bankdirektor melden.

Als er sagte, dass die vierzig Räuber im Einkaufszentrum ihr Unwesen trieben, bekam Schlotterteich auch sofort einen Termin beim Chef persönlich.

»Herr Schlotterteich.« Der Bankdirektor war ein sehr eleganter Herr mit einer ungeheuer geschmacklosen Brille auf der Nase und der hässlichsten Krawatte, die Schlotterteich je gesehen hatte. »Gut, dass Sie sich um unser Haus kümmern wollen. Aber ich kann Ihnen versprechen, Herr Schlotterteich, dass unsere Bank so gut wie einbruchsicher ist.«

Er führte Schlotterteich in ein Nebenzimmer. Die ganze Wand war mit Bildschirmen bedeckt.

»Sehen Sie hier: Alles wird überwacht. Die Tresore können nur von unseren Mitarbeitern geöffnet werden. Selbst wenn jemand die Bank ausrauben

sollte, hätten wir ihn doch sofort geschnappt, weil wir jeden erkennen können.« Der Bankdirektor mit dem schlechten Brillengeschmack lächelte überlegen.

»Der Haken dabei ist nur, dass manchmal die ein oder andere Kamera ausfällt, oder?« Schlotterteich zeigte auf einen der Monitore, auf dem gerade nur Schlangenlinien zu sehen waren.

Der Bankdirektor erbleichte.

»Und Ihre Mitarbeiter müssen eben manchmal Geld rausgeben, das sie gar nicht rausgeben wollen.« Schlotterteich zeigte auf einen der anderen Monitore.

Der Bankdirektor fiel in Ohnmacht. Auf dem Bildschirm war das Gesicht des Bankräubers leider nicht zu erkennen.

Schlotterteich rannte die Treppe hinunter in die Schalterhalle. Zu ärgerlich, dass die zweite Kamera ausgerechnet in dem Moment ausgefallen war, als der Banküberfall stattfand. Denn auf dem Bild der zweiten Kamera hätte Schlotterteich den Bankräuber sicherlich erkennen können.

»Das wäre doch gelacht, wenn ich den nicht noch erwischen würde«, murmelte der erfahrene Kommissar.

Er betrachtete die Schalterhalle. Alles schien ganz ruhig weiterzulaufen, als wäre gar nichts geschehen. Dieser Bankräuber war wirklich raffiniert.

»Aber nicht mit mir, mein Lieber.« Schlotterteich nahm ein Paar Handschellen aus seiner Aktentasche und schlich sich an den Halunken heran.

Welche Person hat Schlotterteich in Verdacht?

Die Sammlung

Vor dem Briefmarkenladen blieb Schlotterteich stehen. Etwas Langweiligeres als Briefmarkensammlungen konnte sich der Kommissar kaum vorstellen. Und dabei war Schlotterteich selbst auch ein Sammler: Seine getrockneten Blätter, die Steine und natürlich seine zweiundsiebzig alten Fahrradreifen konnte er sich stundenlang anschauen. Aber das war ja auch etwas ganz anderes als eine Briefmarke anzugucken! Steine und Fahrradreifen erzählten ja Geschichten von den Orten, an denen Schlotterteich sie gefunden hatte; warum er sie behalten hatte; warum sie kaputt waren, und getrocknete Blätter sahen einfach klasse aus, fand Schlotterteich. Aber so eine Briefmarke? Was sollte daran so schön sein? Die Zacken waren regelmäßig: Wie langweilig, dachte Schlotterteich, immer das Gleiche. Zacke rauf, Zacke runter, Zacke rauf, Zacke runter. Und das Bild, das auf eine Briefmarke gedruckt war, gab es ja auch noch tausendmal auf der Welt.

Schlotterteich gähnte.

»Sind Sie der Kommissar Schlotterteich?« Der Ladenbesitzer trat vor die Tür.

Schlotterteich zeigte ihm seine Polizeimarke und nickte. »Womit kann ich dienen?«

»Ich glaube, ich habe einen der vierzig Räuber in meinem Laden. Aber ich bin mir nicht ganz sicher.« Der kleine, etwas verschlafen wirkende Mann runzelte die Stirn. »Es ist mehr so ein Gefühl.«
Schlotterteich schüttelte den Kopf. So war ordentliche Polizeiarbeit natürlich nicht möglich! Da konnte ja jeder kommen und sagen, dass er das Gefühl habe, ein Verbrecher sei in seinem Laden.
»Ist Ihnen denn etwas gestohlen worden?«, fragte der Kommissar.
Der Briefmarkenspezialist zuckte mit den Schultern. »Keine Ahnung. Ich habe so viele Marken im Laden und bin leider nicht sehr ordentlich, da kann man schon mal den Überblick verlieren. Aber es kommt mir trotzdem so vor, als würde eine Marke fehlen.«
Schlotterteich lachte. »Wie stellen Sie sich das vor? Soll ich die Leute alle auf Verdacht verhaften, weil sie Ihnen vielleicht etwas gestohlen haben, von dem Sie gar nicht wissen, dass es Ihnen fehlt?«
Aber der kleine Briefmarkenfreund sah ihn so verzweifelt an, dass Schlotterteich schließlich nachgab. Er warf einen kritischen Blick in den Laden und musterte die Leute. Nie hätte er gedacht, dass sich so viele Menschen für Briefmarken interessieren würden.
»In Ihrem Laden ist ja ganz schön was los!«, sagte er anerkennend.
Der Briefmarkenladenbesitzer nickte. »Es ist wegen

der Ausstellung: Ich habe alle Marken aus der Wüste Gobi in meinem Laden ausgestellt. Das ist eine seltene Sammlung: Die Gobi-Marken sind ja lauter Einzelstücke, die gibt es auf der ganzen Welt kein zweites Mal. Die Ausstellung hängt schon ein halbes Jahr, aber jetzt in der Ferienzeit zieht sie natürlich Leute aus aller Welt an.«

Schlotterteich nickte. Briefmarken aus der Wüste Gobi – das klang immerhin spannend. Er ließ noch einen Blick durch den Laden schweifen und pfiff durch die Zähne.

»Sie haben Recht, mein Lieber! Ihnen wurde wirklich etwas gestohlen. Und der Dieb läuft auch noch im Laden herum!«

Was wurde geklaut? Und wer hat es?

Ralf Rabauke spielt Verstecken

Wenn es unter den vierzig Räubern einen gab, von dem Schlotterteich kein Foto brauchte, um ihn wiederzuerkennen, dann war es Ralf Rabauke. Ihn hatte der Kommissar schon fünfundzwanzigmal hinter Gitter gebracht. Zuletzt hatte der Kerl die Unverschämtheit besessen, in einer Schule alle Kreidestücke zu stehlen, um sie dann in der Pause den Lehrern zu verkaufen.

Auch im Einkaufszentrum war Ralf Rabauke Schlotterteich sofort aufgefallen, als er sich an eine junge Dame heranmachte, der er einen kaputten Luftballon verkaufen wollte. Dämlicherweise hatte nicht nur Schlotterteich Ralf Rabauke erkannt: Auch Rabauke hatte mit einem Blick gesehen, wer ihm auf den Fersen war. Und wenn Ralf Rabauke auch nicht gerade der geschickteste Dieb und Betrüger war – eins hatte er Schlotterteich mit Sicherheit voraus: Er war im Wettlauf kaum zu schlagen!

Der Schuft rannte die Rolltreppe hinauf und düste oben den Flur hinunter. Schlotterteich kam kaum hinterher. Er sah Rabaukes blonden Haarschopf gerade eben noch hinter einer Ecke verschwinden. Aber als der Kommissar dort ankam, fehlte von dem

Betrüger jede Spur. Es war wie verhext: Schlotterteich war sich sicher, dass Rabauke hier hereingelaufen war, aber der Flur führte nirgendwohin. Es gab kein Treppenhaus, kein Klo, keinen weiteren Abzweig. Selbst das Fenster ließ sich hier oben im fünften Stock nicht öffnen. Sollte Rabauke sich etwa im Kindergarten versteckt haben?
Aber als der Kommissar die Tür zum Kindergarten öffnete, traute er seinen Augen kaum. Die Kindergärtnerin stand mitten im Raum, hielt sich die Augen zu und zählte: »Achtundzwanzig, neunund-

zwanzig, dreißig.« Sie holte noch einmal tief Luft, schlug die Augen auf und rief: »Ich komme.«
»Entschuldigen Sie, haben Sie zufällig einen Mann hier hereinkommen sehen?«, fragte Kommissar Schlotterteich.
»Ha! – Haben Sie mich aber erschreckt! Wollen Sie etwa mitspielen?«, fragte die Kindergärtnerin.
Schlotterteich hielt ihr seine Polizeimarke unter die Nase. »Ich will nur wissen, ob sich hier ein Mann versteckt hält. Er hat blonde Haare und verkauft den Leuten geplatzte Luftballons.«

Die Kindergärtnerin schüttelte den Kopf. »Hier haben sich nur fünfzehn Kinder versteckt. Aber Sie können mir ja beim Suchen helfen, vielleicht finden Sie auch noch den Mann.«

Schlotterteich seufzte. Warum hatten die Leute immer ausgerechnet dann Tomaten auf den Augen, wenn sie besser aufpassen sollten? Es blieb ihm wohl kaum etwas anderes übrig als den Kindergarten selbst abzusuchen.

Und wer hätte das gedacht? Schon zwei Minuten später klickten Schlotterteichs Handschellen um die Handgelenke von Ralf Rabauke.

Wo hat sich der Betrüger versteckt?

Fritsches Fischmarkt

Schlotterteich rümpfte die Nase. Aus dem Fischladen zog eine stinkende Wolke ins Einkaufszentrum. Ob da alles so frisch war, wie es sein sollte? Die Fischbrötchen in der Kühltheke lachten den hungrigen Kommissar dann allerdings doch an.
Das köstliche portugiesische Törtchen, das Schlotterteich in Carlas Café gegessen hatte, lag schon sieben Verhaftungen zurück. Kein Wunder, dass Schlotterteich Hunger hatte. Außerdem sah er sich immer gern die Leute im Fischmarkt an. Denn die meisten Menschen, guckten witzigerweise auch wie Fische aus der Wäsche, wenn sie Fisch kauften.
Schlotterteich hatte kaum den Laden betreten, als auch schon die Alarmanlage losging.
»Jemand hat den Karpfen geklaut! Haltet den Dieb!«, rief eine der Verkäuferinnen.
Schlotterteich schmunzelte. Anscheinend waren sich die vierzig Räuber wirklich für nichts zu schade. Die klauten sogar im Fischgeschäft.
»Er hatte eine gestreifte Jacke an«, sagte die Verkäuferin, als Schlotterteich seine Polizeimarke zeigte und sie nach einer genaueren Personenbeschreibung fragte.

Das genügte dem Kommissar. Er sprintete los. Eine gestreifte Jacke wäre sicherlich leicht zu finden.
Dummerweise war es viel leichter, Leute mit gestreiften Jacken zu finden, als Schlotterteich gedacht hatte. Es war viel zu leicht: Schon nach zwei Minuten hatte er drei Männer und zwei Frauen mit solchen Jacken gefasst. Der Kommissar schleppte sie in den Laden.
»Können Sie sagen, ob der Dieb, der den Karpfen geklaut hat, unter diesen Damen und Herren ist?«, fragte Schlotterteich.
Aber die Verkäuferin runzelte die Stirn.

Dann schüttelte sie den Kopf. »Ich weiß nicht genau. Es könnte schon sein. Aber ich bin mir bei keinem richtig sicher. Ich habe die Person nur von hinten gesehen.«

Schlotterteich seufzte und befragte einen nach dem anderen.

»Was fällt Ihnen ein? Ich habe noch nie etwas geklaut!«, sagte Herr Haslacher beleidigt. Er zeigte seinen Dienstausweis vor: Herr Haslacher war Staatsanwalt.

»Ich habe doch gerade für 250 Euro hier Austern, Hummer und Nordseekrabben gekauft. Glauben Sie

im Ernst, dass ich es nötig habe, einen blöden Karpfen zu stehlen?« Frau von Herdern verdrehte beleidigt die Augen.

»Ich war noch nie in diesem Laden. Ich kann Fisch überhaupt nicht ausstehen!«, sagte Herr Wiehre.

»Ich esse gern Fisch. Aber ich kann überhaupt nicht kochen. Ich habe hier nur ein Fischbrötchen geholt«, sagte Herr Stühlinger.

»Was soll ich denn mit einem Karpfen?« Die alte Frau Kappel redete wie ein Wasserfall auf Kommissar Schlotterteich ein. »Ich bin doch ganz alleine, müssen Sie wissen, Herr Kommissar. Wir alten Leute essen ja nicht mehr so viel, nicht wahr? So ein ganzer Karpfen, da können Sie ja eine Familie mit ernähren. Eine fünfköpfige Familie, Herr Kommissar. Ja, früher, früher habe ich öfter mal was mitgehen lassen, aber das war ja kurz nach dem Krieg, nicht wahr, Herr Kommissar? Da hatten wir ja alle nicht so viel Geld. Da hätte ich auch mal so einen Karpfen klauen können. Aber heutzutage …«

Schlotterteich winkte ab und holte ein Paar Handschellen heraus. »Frau Kappel, es reicht ja schon. Sie müssen gar nicht weiterreden.«

Wem legt Schlotterteich die Handschellen an?

Sabrina ist entwischt

»Verflixte Kiste!«

Sabrina, die raffinierte Meisterin der Schmuggler, war zufällig vor Schlotterteichs Nase aufgetaucht. Sie war ihm praktisch in die Arme gelaufen. Aber der Kommissar war so verdutzt gewesen, dass sie ihm gleich wieder entwischt war. Niemand hatte den schwarzen Lockenkopf irgendwo gesehen.

Schlotterteich untersuchte die Stelle, an der sie ihm entwischt war, noch einmal genauer. Auf den ersten Blick sah er nichts Verdächtiges. Aber als er seine Lupe zur Hilfe nahm und sich bis zum Boden hinunterbückte, entdeckte er doch noch etwas: eine Zigarettenkippe. Es war keine gewöhnliche Kippe. Es war der Rest einer Zigarette der Marke »Bogor 17«. Und diese Selbstgeschmuggelten rauchte außer Sabrina in ganz Europa kein Mensch.

Der Kommissar steckte das Beweismittel in seine Jackentasche und betrachtete den Fundort genauer: Die Kippe lag direkt vor einem unglaublich unordentlichen Schaufenster: »Theaterbedarf – Kostüme – Licht« stand über der Tür.

Entschlossen betrat Schlotterteich den Laden. Der Besitzer musste Sabrina gesehen haben!

»Was kann ich für Sie tun?«, fragte ein älterer Herr, der so kerzengerade hinter seinem Tresen stand, als hätte er einen Stock verschluckt. »Nein, lassen Sie mich raten«, fügte der Herr hinzu, als Schlotterteich seine Polizeimarke vorzeigte. »Sie suchen ein Kommissar-Kostüm, stimmt's?«

Schlotterteich schüttelte den Kopf. So ein Unsinn. Seine Dienstkleidung war doch noch völlig in Ordnung.

»Nein, ich suche eine Dame. Sie müsste gerade an Ihrem Laden vorbeigelaufen sein. Sie gehört zur Bande der vierzig Räuber. Sabrina, die Schmugglerin, heißt sie. Sie haben vielleicht schon einmal in der Zeitung von ihr gelesen.« Schlotterteich sah sich ängstlich im Laden um – die Monstermasken sahen wirklich Furcht einflößend aus.

»Nein, ich bedaure sehr, Herr Kommissar. Mir ist diese Dame nicht bekannt und ich habe auch keinen schwarzen Lockenkopf vor meinem Schaufenster gesehen. Ich war aber auch gerade kurz auf der Toilette – vielleicht hat die Person diese Zeit genutzt, um meinen Augen zu entwischen«, sagte der Herr hinter dem Tresen.

»Vielleicht, ja«, murmelte Schlotterteich. »Dann stimmt dieses Gerücht also doch.«

»Was für ein Gerücht?« Der Herr sah Schlotterteich an, als hätte der Kommissar chinesisch gesprochen.

Schlotterteich holte ein Paar Handschellen aus sei-

ner Tasche. »Ich meine das Gerücht, dass Sabrina neuerdings mit einem Komplizen arbeitet.« Er legte dem Herrn blitzschnell die Handschellen an. »Jedenfalls danke ich Ihnen sehr für Ihre Mithilfe.«

»Was fällt Ihnen ein?«, fragte der Herr verdutzt. »Und was für eine Mithilfe?«

Kommissar Schlotterteich zog ein zweites Paar Handschellen heraus. »Tja, mein Lieber, Sie wollten zwar Sabrina helfen, aber Sie haben sich verraten – und Sabrina habe ich auch schon entdeckt.«

Wodurch hat sich Sabrinas Komplize verraten? Und wo hat sich Sabrina versteckt?

Der gebildete Kranke

»Bitte machen Sie sich frei! Was fehlt Ihnen denn?« Frau Doktor Reh-Seemann zeigte hinüber auf die Behandlungsliege.
»Legen Sie sich erst einmal hin. Name?«
»Schlotterteich«, sagte der Kommissar.
Er wusste nicht recht, wie ihm geschah. Frau Doktor Reh-Seemann hatte ihn schneller abgehorcht, als er »A« sagen konnte.
»Sagen Sie mal ›A‹.« Die Ärztin der Krankenstation hielt das eiskalte Instrument zum Abhören auf Schlotterteichs Rücken.
»Blödsinn! Hören Sie sofort auf!«, rief Schlotterteich.
Er zog seine Polizeimarke heraus und hielt sie der Ärztin unter die Nase.
»Polizei? Habe ich denn etwas ausgefressen? Habe ich falsch geparkt? Sie wissen doch, dass Ärztinnen im Einsatz auch mal im Halteverbot parken dürfen, Herr Kommissar. Und ich bin eigentlich immer im Einsatz.« Frau Doktor Reh-Seemann packte das Abhörgerät ein.
»Dass Sie immer im Einsatz sind, habe ich schon gemerkt.« Schlotterteich zog sein Hemd wieder an.

Er wurde das Gefühl nicht los, dass die Ärztin ein bisschen beleidigt war, weil er gar nicht krank war. Außerdem schien ihm diese Frau Reh-Seemann ziemlich verrückt zu sein.
»Sie haben doch bestimmt schon gehört, dass die vierzig Räuber ausgebrochen sind«, sagte der Kommissar.
Die Ärztin nickte.
»Ein verrückter Kommissar soll sie wieder einfangen. Der geistert hier im Haus herum – das habe ich zumindest gehört.«
Schlotterteich schluckte. »Dieser verrückte Kommissar bin ich.«
Frau Doktor Reh-Seemann nickte. »Sehr angenehm, Herr Schlottersee.«
»Schlotterteich«, verbesserte der Kommissar die Ärztin.
»Und womit kann ich Ihnen helfen, Herr Trottelteich?« Die Ärztin kritzelte etwas auf einen Block. »Ich habe da draußen nämlich jede Menge Patienten sitzen, müssen Sie wissen.«
»Eben, um die geht es ja«, sagte Schlotterteich. »Ist unter Ihren Patienten von heute vielleicht jemand gewesen, der sich verdächtig benommen hat?«
Frau Doktor Reh-Seemann wiegte den Kopf hin und her. »Nein, die waren bis jetzt alle ganz normal. Husten, Schnupfen, Heiserkeit – alles ganz normal. Einen Kaufrausch gab es und eine kleine Fischvergif-

tung, aber sonst nichts Aufregendes. Aber Sie können ja selbst noch mal einen Blick in mein Wartezimmer werfen, wenn Sie wollen.«

Schlotterteich nickte. Frau Reh-Seemann begleitete den Kommissar hinüber ins ziemlich überfüllte Wartezimmer.

»Der Nächste, bitte«, rief die Ärztin in das Zimmer.

»Der Nächste! Na bitte«, murmelte Schlotterteich.

Wen wird der Kommissar verhaften?

Der gestohlene Sarg

Als Schlotterteich den Sargladen entdeckte, hatte er gleich ein ungutes Gefühl. Konnte es ein besseres Versteck für die vierzig Räuber geben als unter einem zugeklappten Sargdeckel?

Schlotterteich betrat den Laden, aber er sah schon auf den ersten Blick, dass die hier ausgestellten Särge alle leer waren: Die Deckel standen offen.

»Guten Tag?«, sagte ein Herr, der einen schwarzen Anzug und eine schwarze Krawatte trug.

Schlotterteich zeigte seine Polizeimarke vor und murmelte: »Routine, alles reine Routine.«

»Da kommen Sie ja wie gerufen, Herr Kommissar«, sagte der Herr. »Meier ist mein Name.« Der Mann im schwarzen Anzug schüttelte Schlotterteich die Hand.

»Angenehm«, murmelte Schlotterteich. »Was ist denn passiert?«

»Es ist unglaublich, aber wahr. Sehen Sie hier.« Herr Meier zeigte auf eine Stelle mitten im Laden.

Schlotterteich konnte nichts Außergewöhnliches entdecken.

»Was sehen Sie hier, Herr Kommissar?«

Schlotterteich zuckte mit den Schultern. »Nichts.«

»Eben!« Die Stimme von Herrn Meier überschlug

sich fast. »Sie sehen hier nichts. Hier ist auch nichts. Aber wissen Sie, was hier noch vor fünf Minuten stand?«

Schlotterteich betrachtete die Stelle noch einmal. Der Laden hatte einen harten Steinboden, auf dem keine Eindrücke und keine Staubränder zu sehen waren. Schlotterteich hatte nicht den blassesten Schimmer, was da vor kurzem gestanden haben könnte.

»Ein Sarg.« Meier sah zum Kommissar hinüber. »Und zwar nicht irgendein Sarg. Hier stand mein absolutes Schmuckstück: Ein Sarg aus Mahagoni, mit Goldbeschlägen, Samtfütterung – das war der teuerste Sarg, den ich je hatte. Und ich handle schon seit zehn Jahren mit Särgen, das kann ich Ihnen versichern. Auch wenn meine Eltern es nie gern gesehen haben, dass ich mein Geld damit verdiene.«

»Wo ist der Sarg jetzt?«, fragte Schlotterteich.

Meier schnappte nach Luft. »Zwei Kerle sind hier hereingestürmt. Beide waren breit wie Kleiderschränke. Die haben sich den Sarg gepackt und sind einfach damit rausmarschiert. Können Sie sich das vorstellen, Herr Kommissar? Tür auf – und weg waren sie.«

Schlotterteich musterte Herrn Meier. »Aber warum sollte jemand einen Sarg stehlen?«

»Ich sag ja: Das war mein wertvollstes Stück. Außerdem stehlen diese vierzig Räuber doch alles, was

SEIT 150 JAHREN IN
FAMILIENTRADITION

nicht niet- und nagelfest ist.« Meier tupfte sich die Stirn mit einem weißen Taschentuch ab.

»Da haben Sie Recht. Die Kerle sind wirklich dreist. Wie sahen die Männer denn aus?«, fragte Schlotterteich.

»Der eine war blond, der andere hatte schwarze Haare. Ja, ansonsten sahen die eigentlich ganz normal aus.«

»Ganz normal. So, so.« Schlotterteich nahm ein Paar Handschellen aus der Aktentasche. »Wissen Sie was, Herr Meier? Ich glaube Ihnen kein Wort: Ihnen fehlt kein Sarg, die zwei Männer hat es nie gegeben, und wenn Sie wirklich Meier heißen, fresse ich einen Besen.«

»Was fällt Ihnen ein, Schlotterteich?«, rief Herr Meier aufgebracht.

»Widerstand ist zwecklos, mein Lieber.« Schlotterteich schmunzelte. »Sie haben sich selbst verraten.«

Wie hat sich der falsche Bestattungsunternehmer verraten?

Im Supermarkt

Schlotterteich schlenderte durch den Supermarkt. Er versteckte sich zwischen den Regalen und beobachtete die Kunden. In den Gängen herrschte ein ziemliches Gedränge, es war richtig viel los. An jeder Kasse war eine lange Schlange. Aber es schien alles mit rechten Dingen zuzugehen.

»Verdächtig, verdächtig«, murmelte Schlotterteich vor sich hin. Dem Braten traute er nicht. Das konnte doch nicht wahr sein, dass sich keiner der vierzig Räuber in den Supermarkt verirrt hatte.

Schlotterteich schob eine Dose Tomaten aus dem Weg.

»Erwischt, Bürschchen!« Jemand packte Schlotterteich am Arm.

»Moment, Moment!«, sagte der Kommissar.

Aber der Hausdetektiv des Supermarkts kannte keine Gnade. Er packte Schlotterteich und wollte ihn zum Filialleiter schleppen.

»Lassen Sie mich sofort los, dann kann ich Ihnen alles erklären!«, sagte Schlotterteich.

Der Hausdetektiv lachte. »Sie glauben gar nicht, wie oft ich diesen Satz schon gehört habe! Und wissen Sie was? In den meisten Fällen von Leuten, die wirklich geklaut haben.«

Schlotterteich verdrehte die Augen. Da war wohl nichts zu machen. Er ließ sich in das Büro des Filialleiters bringen.
»Das ist der Kerl!« Der Detektiv stellte Schlotterteich vor den Schreibtisch des Filialleiters.
»So, so!« Der Chef musterte Schlotterteich von oben bis unten. »Sie habe ich doch irgendwo schon einmal gesehen, oder?«
»Das ist gut möglich«, sagte der Kommissar. »Ich bin Kommissar Schlotterteich und jage gerade die vierzig Räuber.«
Der Hausdetektiv des Supermarktes lachte schallend. »Sie wollen Kommissar Schlotterteich sein? Der berühmte Schlotterteich? Glauben Sie im Ernst, dass wir Ihnen das abnehmen?«
»Sehen Sie hier, meine Polizeimarke.« Schlotterteich wurde allmählich sauer. »Außerdem ist es gut möglich, dass ihr Laden gerade ausgeraubt wird, während Sie hier Ihre Zeit mit einem Unschuldigen vergeuden!«
»Schlotter-, Schlotter-, Schlotterteich«, stammelte der Hausdetektiv des Supermarktes, als er die Marke sah.
In diesem Moment wurde der Alarm ausgelöst.
»Was ist los?«, fragte der Filialleiter durch seine Gegensprechanlage.
»Kasse 1 ist ausgeraubt worden«, sagte eine Stimme.
»Bitte wiederholen Sie das noch einmal: Die ganze

HIER
HEUTE NUR
2,–
NUR
4,95

Kasse wurde ausgeraubt?«, fragte der Chef des Supermarktes.
»Stimmt genau«, sagte die Stimme.
»Na dann zeigen Sie mal, was Sie können.« Der Filialleiter sah hinüber zu Schlotterteich und dem Hausdetektiv.
Der Hausdetektiv rannte sofort aus dem Büro seines Chefs, quer durch den Supermarkt und suchte auf dem Flur vor dem Laden nach verdächtigen Gestalten.
Schlotterteich folgte dem Chef hinüber in die Verkaufsräume.
»Was ist los, Herr Schlotterteich?«, fragte der Chef. »Wollen Sie nicht auch dem Dieb nachjagen?«
Schlotterteich lächelte. »Bin schon dabei.« Er zückte ein Paar Handschellen und schlenderte gemütlich durch den Laden.
Wer hat das Geld geklaut?

Im Keller

Schlotterteich entdeckte die Seitentreppe des Einkaufszentrums erst ziemlich spät. Dass es dieses geheime Treppenhaus für Lieferanten gab, hatte er nicht gewusst. Dabei hätte er sich das denken können: Irgendwie mussten ja auch die Waren in die Läden gebracht werden und dass das nicht gerade über die Rolltreppen ging, war ja klar.
Schlotterteich stieg die Treppe hinunter. Unten konnte er ins Erdgeschoss abzweigen. Da bemerkte er eine schmale Eisentür. Er schlüpfte hindurch: Tatsächlich konnte man hier noch weiter in die Tiefen des Einkaufszentrums hinabsteigen.
Was mag da unten noch sein?, fragte sich der Kommissar.
Die Luft im Keller wurde kühler. Schlotterteich schlug seinen Mantelkragen hoch, denn niemand holte sich so schnell eine Erkältung wie der Kommissar. Er musste nur fünf Minuten frieren und konnte sicher sein, dass er am nächsten Tag eine triefende Nase haben würde.
Der Kommissar stapfte die Stufen hinab. Unten kontrollierte er den Heizungskeller. Aber da hatte sich niemand versteckt. Er wollte schon wieder zurück an

die Erdoberfläche steigen, als er jemanden reden hörte.

Schlotterteich sah sich um. Der Flur vor dem Heizungskeller war menschenleer. Aber ganz hinten fiel ein Lichtschein in den Gang. Diese Ecke hatte der Kommissar noch gar nicht bemerkt. Er schlich sich den Gang entlang.

»Nun bleib mal ganz ruhig. Hier ist niemand«, hörte Schlotterteich die Stimme sagen.

Der Kommissar lugte um die Ecke und traute seinen Augen kaum. Da saß doch tatsächlich ein Mann in einem Weinkeller. Rings um ihn herum waren Wein-

fässer aufgebaut. Einige Regale mit Flaschen standen an den Wänden.
Schlotterteich räusperte sich. Schließlich wollte er den Mann, der da seine Weinfässer bewachte, nicht erschrecken.
»Entschuldigen Sie, Schlotterteich ist mein Name, Kommissar Schlotterteich.« Er zeigte dem erschrockenen Mann seine Polizeimarke.
»Und was wollen Sie von mir? Habe ich etwas falsch gemacht?«, fragte der Mann, der eine ziemlich rote Nase hatte.

»Nein, nein, ich glaube nicht«, beruhigte Schlotterteich ihn. »Was machen Sie denn hier unten?«
»Ich?« Der Mann lächelte. »Ich bin Jan Persen. Ich kümmere mich um den Wein vom Dachrestaurant. Wein ist ja eine ziemlich schwierige Angelegenheit, müssen Sie wissen, Herr Kommissar. Der darf nicht zu warm werden und nicht zu kalt. Ab und zu kommt eine Bestellung mit der Rohrpost von der Dachterrasse. Dann muss ich die Flasche suchen oder das Fass anzapfen, das sie oben im Restaurant brauchen.«
Jan Persen stockte. Er musterte Schlotterteich misstrauisch.
»Aber das wollen Sie doch gar nicht wissen, oder? Was führt Sie denn zu mir? Viele Verbrecher werden Sie hier unten nicht finden.«
Schlotterteich wiegte den Kopf hin und her. »Ich bin auf der Suche nach den vierzig Räubern. Einige habe ich schon erwischt, aber manche halten sich noch immer versteckt. Haben Sie zufällig hier unten jemanden gesehen?«
»Nein, nein, nein. Ich bin hier unten allein. Den ganzen Tag mutterseelenallein.« Jan Persen seufzte. »Sogar meine alte Katze ist neulich gestorben. Jetzt bin ich ganz, ganz alleine hier.«
»Aber vorhin habe ich Sie doch mit jemandem reden hören«, sagte Schlotterteich.
Jan zuckte zusammen. »Haben Sie mich etwa be-

lauscht? Aber ich muss Sie leider enttäuschen, Herr Kommissar. Ich habe mich nur mit mir selbst unterhalten. Das macht man eben, wenn man so einsam ist wie ich.«

Schlotterteich sah Jan Persen ernst in die Augen. »Herr Persen, Sie wissen, dass Sie bestraft werden können, wenn Sie jemanden hier unten verstecken! Auch wenn Sie noch so allein sind.«

Jan Persen sah betreten zu Boden.

Aber der Kellermeister brauchte Schlotterteich nichts mehr zu gestehen. Der Kommissar hatte den entlaufenen Räuber längst entdeckt.

Wo steckt er?

Der schönste Hut der Welt

»Hilfe! Polizei! Polizeiiiiiiii!«

Der Ruf kam aus dem Hutgeschäft. Schlotterteich rannte die Rolltreppe hinauf, quetschte sich an den Leuten vorbei und hielt seine Polizeimarke in die Höhe.

»Kommissar Schlotterteich! Was ist passiert?«, rief er.

Die Dame im Hutgeschäft saß auf einer Kiste und weinte sich die Augen aus.

»Was ist denn los?«, fragte Schlotterteich.

Aber die Dame hörte nicht auf zu schluchzen. Vor dem Geschäft drückten sich die Schaulustigen die Nasen an der Scheibe platt.

»Es ist doch eine ganz neue Erfindung!« Die Dame schluchzte.

Schlotterteich hockte sich neben sie.

»Wie heißen Sie denn?«, fragte der Kommissar mit seiner väterlichsten Stimme.

»Elena Schnurental-Bispingen«, antwortete die Dame.

»Und das hier ist Ihr Hutgeschäft, ja?« Schlotterteich reichte ihr ein Taschentuch.

Frau Schnurental-Bispingen schnäuzte sich, dass die Wände wackelten, und nickte.

»Und was ist nun passiert? Hat Sie jemand überfallen?«
Frau Schnurental-Bispingen schüttelte den Kopf.
»Hat man Sie beraubt?« Schlotterteich wurde allmählich ungeduldig.
Wenn die Schnurental-Bispingen noch lange schwieg, war der Täter bald über alle Berge, was auch immer er ausgefressen hatte. Das war doch klar!
»Mein neuster Hut ist weg! Ich habe ihn selbst genäht! Und als ich aus der Mittagspause kam, war die Tür aufgebrochen und der Hut weg!« Frau Schnurental-Bispingen schossen schon wieder die Tränen in die Augen.
»Frau Schnurental-Bispingen, ich weiß, dass das jetzt sehr schwer für Sie ist. Aber Sie müssen mir helfen. Sonst kann ich Ihren Hut nicht finden. Und den Huträuber erst recht nicht.« Schlotterteich sah der Dame direkt in die Augen. »Wie sah der Hut aus?«
»Es ist ein Strohhut, ein ganz gewöhnlicher.«
Der Kommissar musterte die Damen und Herren vor dem Geschäft. Jeder Zweite schien hier einen Strohhut zu tragen.
»Frau Schnurental-Bispingen, strengen Sie sich an«, sagte Schlotterteich. »Beschreiben Sie den Hut noch etwas genauer. Hatte er eine Hutschnur? Welche Farbe hatte er? War etwas besonders an ihm?«
Der Hutmacherin schossen wieder die Tränen in die Augen. Aber diesmal schluckte sie sie tapfer hinunter.

FA
ZOO

»Ich habe frische Gräser, Obst und ein paar Kornblumen darauf gebunden«, antwortete sie. »Es ist der schönste Hut der Welt!«

Obst? Kornblumen? Gräser? Schlotterteich schüttelte den Kopf.

»Sie meinen Plastik-Obst?« Der Kommissar konnte sich ein Lachen nur schwer verkneifen. Dieser Hut musste ja irre hässlich aussehen.

»Nein!« Die Stimme von Frau Schnurental-Bispingen überschlug sich fast. »Es ist alles echt auf diesem Hut. Das ist ja der Pfiff: echtes Stroh, echtes Korn mit echten Körnern, echtes Obst und echte Blumen.«

Schlotterteich trat aus dem Laden und betrachtete die Menge. So einen Hut musste man doch schnell wiederfinden können, falls der Dieb oder die Diebin noch in der Nähe war.

»Na also«, murmelte der Kommissar und nahm sich ein Paar Handschellen aus seiner Aktentasche.

Wo hat sich die Person, die den Hut gestohlen hat, versteckt?

Die verschwundene Kaffeekasse

Schlotterteich sah sich gern Schuhe im Schaufenster oder im Laden an. Aber Schuhe anprobieren, das war für den freundlichen Kommissar eine echte Qual. Er war sich nämlich nie sicher, ob die Schuhe wirklich passten. Meistens drückte oder schlappte eben doch etwas. Spätestens wenn er die neuen Schuhe zu Hause noch einmal anprobierte, stellte er fest, dass sie ihm überhaupt nicht passten. Außerdem war Schlotterteichs linker Fuß eine halbe Nummer größer als sein rechter. Da konnte er sich immer aussuchen, ob es links ein bisschen drücken oder rechts ein bisschen schlappen sollte.

Der Kommissar betrachtete die Schuhe im Schaufenster, als er plötzlich einen wütenden Schrei aus dem Inneren des Ladens hörte.

»Du Nichtsnutz!«

Der Kommissar sprang in den Laden und hielt der aufgebrachten Verkäuferin seine Polizeimarke unter die Nase.

»Ich bin Kommissar Schlotterteich. Kann ich etwas für Sie tun?«

Die Frau schimpfte lautstark auf einen jungen Mann ein.

»Ach, mein Angestellter hier ist die reinste Katastrophe! Er hat sich die Kasse klauen lassen!«

Schlotterteich sah hinüber zur Ladentheke. Er zog eine Augenbraue hoch.

»Verzeihen Sie, Gnädigste, aber das, was da auf dem Ladentisch steht, ist das nicht die Kasse?«, fragte der Kommissar verwirrt.

Die Verkäuferin verdrehte die Augen. »Das ist die Kasse, ja. Aber diese Kasse ist offensichtlich nicht geklaut worden, oder haben Sie keine Augen im Kopf?«

»Also, was soll dann die ganze Aufregung?«, fragte Schlotterteich.

Der junge Mann meldete sich mit leiser Stimme zu Wort: »Nicht diese Kasse ist geklaut worden, sondern unsere Kaffeekasse. Da waren aber auch fast zweihundert Euro drin.«

Schlotterteich pfiff durch die Zähne. Das war natürlich etwas anderes.

»Und wie sah diese Kasse aus?«, fragte der Kommissar.

Die Verkäuferin sah verlegen auf den Boden. »Es war gar keine richtige Kasse. Es war mehr so …«

»Das Geld haben wir immer in einen alten einzelnen Stiefel gesteckt«, sagte der junge Mann. Er wandte sich an die Verkäuferin. »Wir konnten doch wirklich nicht ahnen, dass jemand diesen Stinkstiefel klauen würde.«

»Haben Sie denn jemanden dabei beobachtet?«, fragte Schlotterteich.
Der junge Mann und die Verkäuferin schüttelten die Köpfe.
»Aber weit kann der Dieb noch nicht sein«, sagte der junge Mann. »Ich habe erst vor ein paar Minuten einen Fünf-Euro-Schein in den Schuh gesteckt. Dann war er plötzlich weg.«
»Sie haben Recht, junger Mann«, sagte Schlotterteich und packte ein Paar Handschellen aus. »Weit ist Ihre Kaffeekasse noch nicht gekommen.«
Wen will Schlotterteich verhaften?

Kleine Fische

Schlotterteich war gerade auf der Suche nach einem Blumenladen, um sich ein paar neue Unkrautsamen zu kaufen, als er den Schrei aus dem Anglergeschäft hörte.

»Das darf doch nicht wahr sein!«

Der Kommissar stürzte in das Geschäft. Er verhedderte sich fast in den Angelschnüren, als er seine Polizeimarke vorzeigte und rief: »Keiner verlässt das Lokal! – Was ist passiert?«

Hinter dem Ladentisch stand ein bärtiger Verkäufer. Er hatte Tränen in den Augen.

»Mir sind die Silberfischchen geklaut worden.«

Schlotterteich schüttelte sich. Silberfischchen – waren das nicht diese ekligen Insekten, die sich auf dem Boden im Badezimmer oder in der Küche herumtrieben, wenn er mal wieder wochenlang nicht geputzt hatte? Wer kam auf die verrückte Idee, so ein Ungeziefer zu klauen? Und was suchten diese winzigen Insekten überhaupt in einem Anglergeschäft? Das konnte doch nicht mit rechten Dingen zugehen.

»Wollen Sie mich etwa auf den Arm nehmen?«, fragte er den Angelverkäufer. »Silberfischchen – wer klaut denn so was?«

Der Mann schüttelte den Kopf. »Nein, nein, ich meine nicht die Silberfischchen, die Sie im Kopf haben …«

Schlotterteich räusperte sich. Er hatte die Silberfischchen vielleicht in der Dusche oder auf dem Küchenfußboden, aber bestimmt nicht im Kopf! Er sah streng über den Ladentisch. Aber der Verkäufer redete einfach weiter: »Ich meine die Silberköder, die wir verkaufen. Das sind kleine Blinker, mit denen Sie so ziemlich jeden Fisch anlocken können. Die sind sehr teuer.« Der Verkäufer deutete auf den Schrank hinter sich. »Ich hatte nur ein paar davon im Schrank. Und jetzt sind sie alle weg.«

Schlotterteich kratzte sich am Hinterkopf. »Köder verschwinden doch nicht einfach so. Haben Sie niemanden gesehen?«

»Eben nicht!«, sagte der Verkäufer. »Ich war gerade hinten, um diesem Herrn eine neue Angelschnur zu holen.«

»Also haben Sie den Täter gesehen?« Schlotterteich wandte sich an den Kunden.

Aber der schüttelte nur den Kopf. »Tut mir Leid, Herr Kommissar, das ging wohl alles ein bisschen zu schnell. Ich habe mir die Angeln angesehen und dann bemerkt, dass mein Schnürsenkel offen war, und mich gebückt. Dann hörte ich jemanden in den Laden stürmen. Aber als ich aufblickte, war der Mann schon mit den zehn Silberfischchen verschwunden.«

NGLER

Die beiden Männer sahen Schlotterteich erwartungsvoll an.
»Wollen Sie nicht losrennen und den Kerl verhaften?«, fragte der Verkäufer.
»Doch, doch, genau das werde ich tun«, murmelte Schlotterteich und holte ein Paar Handschellen aus der Aktentasche. »Der Täter hat sich ja doppelt verraten.«
Wem wird Schlotterteich die Handschellen anlegen, weil er sich zweimal verraten hat?

Der Taschendieb

Schlotterteich war müde. Jetzt waren schon neunundzwanzig Räuber verhaftet. Es wurde Nachmittag, aber der Trubel im Einkaufszentrum schien überhaupt nicht abzunehmen. Im Gegenteil: Das Gedränge wurde eher noch größer.

»Was wollen die Leute nur alle hier?«, fragte sich Schlotterteich.

Die meisten sahen so aus, als würden sie gar nichts mehr brauchen.

Vielleicht macht denen das Einkaufen an sich eben Spaß, dachte Schlotterteich. Andererseits guckten viele so schlecht gelaunt aus der Wäsche, als müssten sie Grießsuppe mit Sauerkraut essen.

Schlotterteich wollte mit dem Fahrstuhl hinauf zum Spielwarenladen fahren. Denn er vermutete, dass Bella von Buller, ein Mitglied der Bande, sich mal wieder ein paar Spielsachen klauen oder kaufen würde. Das war nämlich ihre heimliche Leidenschaft. Aber der Fahrstuhl war hoffnungslos überfüllt. Selbst mit Schieben und Schubsen passte da niemand mehr hinein.

Schlotterteich lief zur Rolltreppe. Die war zwar genauso voll, aber es ging einigermaßen vorwärts. Als er aber im vierten Stock ankam, wurde er von hinten angerempelt.

»He, können Sie nicht aufpassen?«, motzte der Kommissar.

Das war ja wirklich eine Frechheit. Wenn es eng wurde, mussten sich eben alle zusammennehmen, fand Schlotterteich.

Aber als er sich wütend umdrehte, um dem Rempler ordentlich die Meinung zu geigen, stand da nur ein kleines Mädchen, das ihn verstört ansah.

»Oh, Entschuldigung«, murmelte Schlotterteich.

Er war sich sicher, dass er von einem Erwachsenen angerempelt worden war; jedenfalls nicht von diesem kleinen Mädchen.

Schlotterteich lief ein paar Schritte weiter und stutzte. Er hatte das Gefühl, als würde ihm etwas fehlen; etwas, an dem er sehr hing. Er kontrollierte seine Taschen. Der Schlüssel war noch da, auch die Geldbörse steckte in seiner Hosentasche. Seinen Ausweis hatte er ebenfalls und die Tasche mit den Handschellen auch.

»Schlotterteich, du bist zu misstrauisch«, murmelte der Kommissar.

Er machte noch einen Schritt, blieb stehen und kontrollierte seine letzte Tasche.

»Schlotterteich, du bist ein Rindvieh!«, murmelte er.

»Das darf doch nicht wahr sein!«

Es war aber wahr: Der Rempler hatte ihm tatsächlich

BISSIGE
HUND

etwas geklaut, an dem er sehr hing: seine Polizeimarke!

»Was für ein Idiot war das denn?« Schlotterteich war stinksauer.

Er war sich sicher, dass es der Taschendieb eher auf seine Geldbörse abgesehen hatte. Was sollte ein Taschendieb denn mit einer alten, verbeulten Polizeimarke anfangen? Die Marke selbst war ja nicht besonders wertvoll: alles nur Kupfer, Zinn und Blech – noch nicht mal das Einschmelzen würde sich lohnen. Vermutlich ärgerte sich der Taschendieb selbst über diese schlappe Beute und warf die Marke bei der nächsten Gelegenheit weg.

»Und wer muss dann nachher wieder im Müll danach suchen?«, knurrte Schlotterteich.

Der Kommissar sah sich im Einkaufszentrum mit Adleraugen um. Erst hatte er ihn übersehen. Aber beim zweiten Durchgang bestand kein Zweifel mehr. Tatsächlich versuchte der Taschendieb gerade die Polizeimarke unauffällig loszuwerden. Schlotterteich holte erleichtert ein Paar Handschellen aus der Tasche und näherte sich seiner Marke und dem Taschendieb.

Wo steckt der Dieb?

Kaum hatte Schlotterteich seine geliebte Polizeimarke zurückerobert und den dämlichen Taschendieb verhaftet, machte er sich auf zum Spielwarenladen.
Der Kommissar mochte Spielzeugläden eigentlich gern. Alles war so hübsch bunt und viele Spielsachen fand er selbst toll. Besonders seit seine Kinder erwachsen waren und ihn nicht dauernd nervten, dass er etwas für sie kaufen sollte.
»Mama, kaufst du mir den Papagei?«, hörte Schlotterteich ein Kind fragen.
»Nein, Robin, du kannst ihn dir ja zum Geburtstag wünschen«, antwortete die Mutter genervt.
»O Mann, Mama! Bis zu meinem Geburtstag muss ich doch noch hundert Jahre warten!«, protestierte Robin, der den knallbunten, aufblasbaren Papagei schon in der Hand hatte.
Schlotterteich schlenderte durch die Regale hinüber zur Kasse.
Er zeigte der Kassiererin seine Polizeimarke und sagte: »Ich bin Kommissar Schlotterteich. Ich suche noch ein paar der vierzig Räuber. Haben Sie hier irgendjemanden Verdächtigen gesehen?«

Die Kassiererin nahm die Polizeimarke in die Hand. Sie versuchte die Metallmarke hin- und herzubiegen und biss dann kräftig darauf.
»He, was fällt Ihnen ein!«, rief Schlotterteich. »Wollen Sie meine Polizeimarke etwa aufessen?«
Sie gab ihm die Marke zurück.
»Ich wollte nur kontrollieren, ob das Ding auch echt ist.« Die Kassiererin zwinkerte dem Kommissar zu. »Wir haben nämlich auch solche Marken. Drittes Regal, ganz hinten. 1 Euro 75 Cent das Stück, aus Vollgummi.«
Schlotterteich atmete auf. Das war natürlich etwas anderes.
»Aber Verbrecher haben wir hier nicht. Außer natürlich die Gummi-Gangster. Direkt neben den Polizeimarken, das Stück für 95 Cent. Wir haben eine große Auswahl: Bankräuber, graues Vollgummi; Killer mit Pistole und Nachtsichtgerät, schwarz oder grün, Vollgummi; die Autoknacker gibt es nur im Doppelpack: ein Aufpasser und ein Einbrecher. Alle fünf Zentimeter hoch.«
Schlotterteich lächelte. »Solche Verbrecher suche ich leider nicht. Sie haben also niemanden bemerkt. Und ihre Kasse stimmt auch noch?«, fragte Schlotterteich vorsichtshalber.
Die Kassierin grinste überlegen zu ihm hinüber.
»Wenn ich kassiere, stimmt immer alles!« Sie öffnete die Kasse und erbleichte.

Schlotterteich sah es auf einen Blick: Sie war leer. Nicht einen einzigen Cent hatten die Diebe zurückgelassen. Die Kassiererin öffnete einen kleinen Geldschrank und rief: »Oh nein, die Einnahmen von gestern sind auch weg! Das gibt's doch nicht!« Sie schnappte nach Luft. »Zwei Minuten bevor Sie hier aufgetaucht sind, war die Kasse aber noch voll. Da hatte ich nämlich noch zwei Kunden.«

Schlotterteich sah sich um. Dass die Kassiererin den Diebstahl nicht bemerkt hatte, war typisch für Bella von Buller. Diese Diebin schaffte es immer wieder, sich sehr unauffällig zu verhalten.

»Nicht unauffällig genug«, sagte der Kommissar, als er sie vor dem Laden entdeckte. Blitzschnell klappten seine Handschellen zu.

»Was soll ich denn nun wieder ausgefressen haben, Herr Schlotterteich?«, fragte Bella von Buller ärgerlich. »Ich bin total unschuldig, Paul-Eduard ist mein Zeuge!« Die Diebin zeigte auf den Mann, der neben ihr stand.

Aber Schlotterteich ließ sich nicht an der Nase herumführen. Er verhaftete diesen Paul-Eduard vorsichtshalber auch noch.

»Ihr beiden habt die Kasse ausgeraubt«, sagte Schlotterteich.

»Wir?«, fragte Paul-Eduard scheinheilig. »Unmöglich. Wir haben keinen Cent in den Taschen, Herr Kommissar. Sie können uns ja durchsuchen.«

Schlotterteich lachte.
»Auf so alte Tricks falle ich nicht herein«, sagte der Kommissar. »Ich kann euch jetzt schon sechs Stellen sagen, an denen ihr die Beute versteckt habt. Und ich fresse meine Polizeimarke, wenn ich da nicht haufenweise Fingerabdrücke von euch finde.«
An welchen sechs Stellen haben Bella von Buller und Paul-Eduard die Beute versteckt?

Der heimliche Mitbewohner

»Sehen Sie sich ruhig um, Herr Kommissar«, sagte Herr Ikarus vom Möbelmarkt.
Die ganze sechste Etage hatte Ikarus für seinen Möbelladen gemietet. Schlotterteich hätte sich fast verlaufen in diesem riesigen Laden. Die meisten Möbel fand er ziemlich hässlich.
»Ist das nicht erstaunlich, Herr Ikarus? Die Möbel in Möbelläden sehen fast immer blöd aus. Aber die Möbel bei den meisten Leuten zu Hause sind ganz in Ordnung.« Schlotterteich sah hinüber zum Möbelladenbesitzer.
Herr Ikarus lächelte. »Also erstens sind unsere Möbel überhaupt nicht blöd oder hässlich, Herr Schlotterteich. Schließlich ist das Geschmackssache. Und zweitens …« Herr Ikarus nahm seine Brille ab und sah Schlotterteich tief in die Augen. »Zweitens zeigt ein Möbelstück sein wahres Gesicht erst, wenn man eine Zeit lang mit ihm zusammenwohnt.«
»Na, umso schlimmer«, sagte Schlotterteich. »Dann kaufen die Leute irgendwelche Möbel, von denen sie das wahre Gesicht noch gar nicht kennen, und wundern sich dann später, was für eine Scheußlichkeit sie sich da in ihr Zimmer gestellt haben.«

Herr Ikarus lachte.

»Ja, das kann vorkommen. Nicht aber bei uns. Hier können sich die Leute erst einmal an die Möbel gewöhnen – und die Möbel an die Leute. In meinen Betten können die Kunden ruhig mal einschlafen. Und in den Küchen können sie sogar probekochen.«

Schlotterteich nickte. Das war eine ganz gute Idee von Herrn Ikarus, dagegen konnte Schlotterteich nichts einwenden. Und die Kunden im Laden schienen das Angebot ja auch zu nutzen.

»Was suchen Sie denn eigentlich für ein Stück, Herr Kommissar?«, fragte Ikarus.

»Habe ich das vorhin nicht gesagt?« Schlotterteich schüttelte den Kopf. »Ich werde alt, Herr Ikarus, alt und vergesslich. Ich suche kein Möbelstück. Ich suche die vierzig Räuber. Und ich fresse einen Besen, wenn sich in Ihrem gemütlichen Möbelladen keiner von denen versteckt hält.«

Herr Ikarus sah hinüber zu Schlotterteich und grinste. »Da werden Sie den Besen wohl wirklich fressen müssen, Herr Kommissar. Die Kunden hier im Laden kenne ich alle persönlich und schon lange. Für die lege ich meine Hand ins Feuer.«

»Langsam, langsam«, murmelte Schlotterteich. »Legen Sie die Hand mal nicht zu schnell ins Feuer. Ich fresse nämlich noch einen Besen, wenn Sie wirklich alle Leute, die in Ihrem Laden herumschwirren, ge-

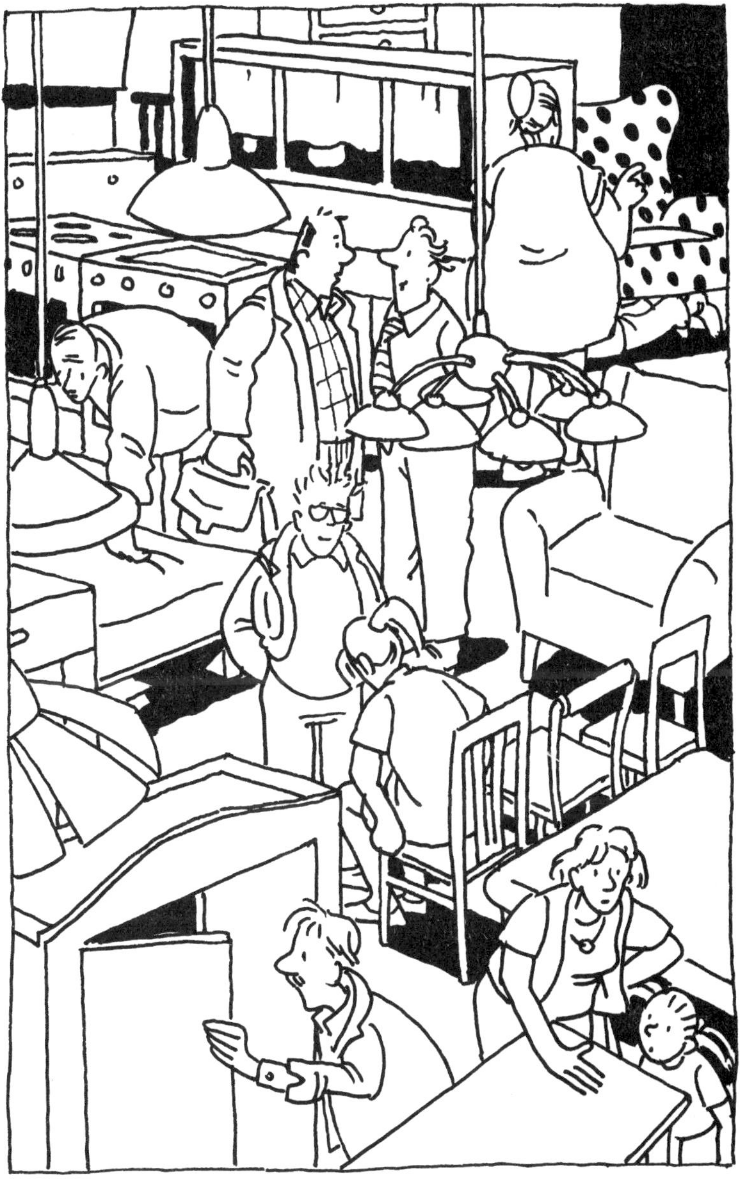

sehen haben. Ich denke da an einen ganz speziellen Freund von mir …«

Schlotterteich nickte dem Möbelverkäufer kurz zu, nahm ein Paar Handschellen aus der Aktentasche und schlich sich an das Versteck des Verbrechers heran.

Wo hat er sich versteckt?

Das Auto

»Das gibt's doch gar nicht! Diese Halunken! Und warum kommen Sie erst jetzt, Herr Schlotterteich?« Herr Schulz, der Autohändler, war völlig aus dem Häuschen.

»Was ist passiert?« Schlotterteich war außer Atem, als er das Autohaus im Erdgeschoss des Einkaufszentrums betrat.

Diese ständige Herumrennerei, Treppe rauf, Treppe runter, hielt den alten Kommissar ganz schön auf Trab.

»Was passiert ist? Ein Wagen ist mir geklaut worden! Gestern erst wurden sie geliefert, die neuen Modelle. Und heute ist die erste Kiste schon weg!« Herr Schulz schnappte nach Luft.

»Nur die Ruhe, Herr Schulz. Die kriegen wir schon.« Schlotterteich versuchte den aufgebrachten Händler zu beruhigen. »Was war das denn für ein Wagen?« Der Kommissar zückte sein Notizbuch und schrieb alles genau mit.

»Ein roter VW Golf.« Herr Schulz ließ sich in seinen Chefsessel sinken. »Davon gibt es in der Stadt Tausende – falls Sie daran gedacht haben, den Wagen suchen zu lassen …«

Schlotterteich runzelte die Stirn. Diese Idee hatte er tatsächlich gehabt. Es war aber auch zu ärgerlich, dass Herr Schulz keine auffälligen Sportwagen verkaufte. Denn den hätten sie ruck, zuck mit dem Hubschrauber gesucht und mit Sicherheit gefunden.
»Wie haben die Diebe es denn angestellt?«, fragte Schlotterteich.
»Ganz einfach, ganz fürchterlich einfach!« Herr Schulz sprang von seinem Sessel auf. »Die haben die Schaufensterscheibe aufgeschnitten und sind aus dem Laden gefahren.«

Schlotterteich sah sich die Scheibe an. Die sah allerdings noch ganz aus.
»Nicht diese Scheibe!«, sagte Schulz. »Es war das Schaufenster, das zum Parkdeck rausgeht.«
Er führte den Kommissar in einen anderen Teil seines Ladens. Und da sah Schlotterteich auch das Loch in der Scheibe. Mit einem Glasschneider hatten die Diebe ein regelrechtes Tor in das Schaufenster geschnitten.
Diese Methode kannte Schlotterteich: »Kein Zweifel: Das war ›das Quartett‹.« Diese Viererbande hatte

schon mehr Autos und Laster geklaut, als sich Herr Schulz in seinen übelsten Alpträumen hätte träumen lassen können. Er betrachtete die Scheibe. »Aber wenn die vier mit dem Wagen hier hinaus sind, dann kommen sie doch ins Parkhaus des Einkaufszentrums, oder nicht?«, fragte Schlotterteich.
Die beiden Männer sahen sich an. Dann rannten sie los. Denn mit ein bisschen Glück würden sie den Wagen ja noch im Parkhaus erwischen.
»Oh nein.« Die Stimme von Herrn Schulz klang plötzlich heiser, als sie das Parkdeck überblicken konnten.
Auch Schlotterteich traute seinen Augen kaum. Da standen und fuhren mindestens dreißig rote VW Golfs herum.
»Die finden wir nie!« Herr Schulz schluchzte.
»Irrtum, mein lieber Herr Schulz. Ich lege mich auf die Lauer. Jede Wette: Die vier tauchen hier bald wieder auf.«
Wie kommt Schlotterteich darauf?

Der geklaute Computer

»Gut, dass Sie gerade vorbeikommen! Sie sind doch der Polizist, der hier schon den ganzen Tag die Diebe verhaftet, oder?« Der Besitzer des Computerladens kam aus seinem Geschäft geschossen.

Schlotterteich klappte den Kragen von seinem Mantel hoch. Woran erkannten nur immer alle, dass er von der Polizei war? War es sein neugieriger Blick? Oder der Mantel? Oder die Aktentasche mit den Handschellen? Da brauchte man ja fast keine Polizeimarke mehr.

»Bremme mein Name, Oswald Bremme. Ich verkaufe Computer, Drucker, Bildschirme, alles, was das Herz begehrt.«

Schlotterteich begleitete Herrn Bremme in seinen Laden. Natürlich kannte auch Kommissar Schlotterteich Computer. Natürlich benutzte er auch immer wieder den Polizeicomputer, um Verbrechern schneller auf die Spur zu kommen. Aber das Dämliche an diesen Maschinen war, das fand zumindest Schlotterteich, dass sie nie das machten, was er wollte.

»Sehen Sie sich das an, Herr Kommissar!« Herr Bremme lief aufgeregt um einen leeren Tisch herum.

»Was soll ich mir ansehen?«, fragte Schlotterteich. »Ich sehe nichts.«
»Da stand aber vor zehn Minuten noch ein funkelnagelneuer Computer.«
»Und? Wo ist der Computer jetzt?« Schlotterteich ahnte schon, was passiert war.
»Eben weg – geklaut!« Herr Bremme musste sich setzen.
»Aha! Was ist passiert?« Kommissar Schlotterteich holte seinen Notizblock heraus und schrieb selbst die kleinste Kleinigkeit von dem auf, was Herr Bremme sagte.
»Zwei Männer sind hier reingekommen. Die hatten Masken übergezogen. Sie haben mich bedroht und auf den Stuhl gefesselt.« Herr Bremme zeigte auf ein durchgeschnittenes Stück Kordel. »Zum Glück konnte ich mich aber selbst befreien. Aber bis ich die Schnur durchgesägt hatte, waren die Kerle schon auf und davon. Ein dritter Kumpan ist draußen mit einem Lieferwagen vorgefahren. Die haben den Rechner eingepackt und sind abgehauen.«
»Aha.« Schlotterteich steckte seinen Notizblock wieder ein. »Und die beiden maskierten Diebe, sind die im Lieferwagen mitgefahren?«
»Die? Nein, nein, die sind ganz normal durch die Tür zurück ins Einkaufszentrum.«
Schlotterteich schüttelte den Kopf.

»Sagen Sie, sind Ihre Computer gut versichert?«, fragte der Kommissar.

»Zum Glück ja. Erst gestern habe ich sie gegen Diebstahl versichern lassen«, sagte Herr Bremme. »Da werde ich wenigstens das Geld für den gestohlenen Rechner bekommen.«

Schlotterteich nickte. »Das dachte ich mir.«

»Und jetzt?«, fragte der Computerverkäufer. »Wollen Sie nicht der Bande nachjagen?«

»Nein, nein, Herr Bremme. Das ist kein Fall für mich. Ich bin ja nur auf der Suche nach den vierzig Räubern. Aber bei Ihnen hat gar kein Überfall stattgefunden. Ich vermute eher, dass Sie Ihre Versicherung betrügen und das Geld für den Computer einstreichen wollen.«

Wodurch hat sich Herr Bremme verraten?

Das kleinste Buch der Welt

Schlotterteich schlenderte im Buchladen umher. Er glaubte zwar nicht, dass sich einer der vierzig Räuber hierher verirren würde, aber Schlotterteich gönnnte sich endlich mal eine Pause und wollte sich noch ein Buch für den Garten kaufen. Denn im Liegestuhl zwischen seinen Unkräutern zu sitzen und einen spannenden Krimi zu lesen, das war für ihn die beste Erholung, die es überhaupt gab.
Gerade hatte er sich ein bisschen festgelesen, als der Alarm ausgelöst wurde. Eine Sirene jaulte mit dem Buchhändler um die Wette.
»Keiner verlässt die Buchhandlung! Alles bleibt stehen!«
Der Buchhändler schnappte sich den Telefonhörer.
»Falls Sie die Polizei anrufen wollen: Das ist nicht nötig.« Schlotterteich hielt dem Buchhändler seine Polizeimarke unter die Nase. »Wo brennt's denn?«
»Sehen Sie hier, Herr Kommissar, in dieser Vitrine lag das kleinste Buch der Welt. Es war eine Miniatur-Bibel, auf allerfeinstes Pergament gedruckt, mit Goldstaub verziert und in Eidechsenleder gebunden.« Der Buchhändler führte den Kommissar hinüber zu einer gläsernen Vitrine.

Von dem Buch fehlte jede Spur. Nur ein Hinweisschild »Das kleinste Buch der Welt zu Gast in der Bücherstube« stand noch da.
»Das war eine Leihgabe der Gräfin Johanna von Gutenburg.« Der Buchhändler schluckte.
»Wertvoll?«, fragte Schlotterteich.
Der Buchhändler verdrehte die Augen und taumelte.
»Unbezahlbar«, sagte er mit heiserer Stimme.
»Nun gut«, sagte Schlotterteich. »Da niemand den Raum verlassen hat und die Alarmanlage ausgelöst wurde, muss der Dieb ja noch im Laden sein.«
Der Buchhändler nickte.
»Dann würde ich vorschlagen, dass Sie die Sirene abstellen«, sagte Schlotterteich. »Das Ding geht mir nämlich ziemlich auf den Wecker.«
Während der Buchhändler in den Nebenraum lief, um die Alarmanlage abzuschalten, begann Schlotterteich mit seiner Befragung der Kunden.
»Hat irgendjemand von Ihnen etwas gesehen?«, fragte Schlotterteich.
»Ich wollte mir nur ein Magazin kaufen. Ich bin erst in dem Moment in den Laden gekommen, als der Alarm ausgelöst wurde«, sagte der Herr mit dem Vollbart.
»Ich bedaure sehr, Herr Kommissar, ich habe nichts gesehen. Ich hatte mich ganz in ein Buch vertieft«, sagte der Herr im feinen Anzug.
»Ich habe auch nichts gesehen. Ich musste Niklas

GESTER
IN DER
NEU

die Bilderbücher zeigen«, sagte die Mutter mit dem Kind.
»Ich hab auch nichts gesehen«, fügte Niklas hinzu.
»Ich stand leider hinter der Säule, bei den Wörterbüchern«, sagte der junge Mann mit der Kappe. »Von da aus konnte ich die Vitrine nicht sehen.«
Endlich hörte das Gejaule der Alarmanlage auf.
»Und? Haben Sie schon einen Verdacht?«, fragte der Buchhändler, als er zurück in den Laden kam.
»Allerdings. Keiner hat etwas gesehen«, sagte Schlotterteich. Der Kommissar öffnete seine Tasche und nahm die vorletzte Handschelle heraus. »Aber nicht alle haben die Wahrheit gesagt.«
Wer hat gelogen?

Goldrausch

»Bei meiner goldenen Schreibmaschine! Das darf doch nicht wahr sein!« Der sehr erfolgreiche Schriftsteller Harald Töpfer brach ohnmächtig vor der Tür seines Verlages zusammen.
Schlotterteich und Frau Doktor Reh-Seemann, die gerade Feierabend machte, stürzten sofort herbei, um ihm zu helfen.
»Ach, Herr Lotterscheich, da sind Sie ja immer noch«, sagte die Ärztin. Sie horchte Harald Töpfer ab und stellte fest: »Der ist ohnmächtig.«
Schlotterteich seufzte. Dass der berühmte und erfolgreiche Schriftsteller ohnmächtig war, hätte er auch ohne Ärztin herausgefunden. Frau Doktor Reh-Seemann krempelte die Ärmel hoch und verpasste dem erfolgreichen Schriftsteller ein paar ordentliche Ohrfeigen.
»Was? Wie? Wer? Haltet den Dieb!«, stammelte Harald Töpfer, als er wieder zu sich kam.
»Fehlt Ihnen was?«, fragte die Ärztin.
»Allerdings!« Der Schriftsteller setzte sich auf eine Bank und rieb sich die Wangen. »Meine Goldbarren sind mir gestohlen worden! Ich habe sie gerade von meinem Verleger bekommen. Ich werde ja nur noch

in Goldbarren bezahlt, wie Sie sich leicht vorstellen können.«

Schlotterteich konnte sich das zwar nur schwer vorstellen, aber bei einem so erfolgreichen Schriftsteller wunderte ihn natürlich nichts. Er zeigte seine Polizeimarke vor. »Haben Sie den oder die Täter erkannt? Wie waren die Goldbarren verpackt?«

»Es ging alles so schnell. Ich kam hier raus, mit dem schweren Koffer voll Gold an der Hand. Und plötzlich war der Koffer weg.«

Der Kommissar seufzte. »Wissen Sie wenigstens noch, wie der Koffer aussah?«

Harald Töpfer nickte. »Es war ein schwarzer Aktenkoffer. – Und der Dieb ist da entlanggelaufen.«

»Na, das ist doch wenigstens etwas«, murmelte Schlotterteich. Er blickte in die Richtung, in die der Schriftsteller zeigte. Der Weg führte in eine Sackgasse. Und in dieser Sackgasse war die Post.

Schlotterteich sprintete los. Als er die Post betrat, sah er auch sofort einen Mann mit einem schwarzen Aktenkoffer. Dämlicherweise entdeckte er zwei weitere Männer mit solchen Koffern, als er den ersten verhaften wollte.

»Na wartet«, murmelte Schlotterteich. Er ließ die drei Herren die schwarzen Aktenkoffer öffnen. Aber es war wie verhext: In keinem der Koffer fand Schlotterteich die Goldbarren. Er verhörte die drei verdächtigen Männer.

POST
AN
A.BENDER
VORSICHT

»Ich weiß gar nicht, was Sie wollen, Herr Kommissar«, sagte der erste. »Ich habe zwar schon drei Bücher von Töpfer gelesen, aber deshalb stehle ich ihm doch nicht sein Gold! Außerdem könnte ich so einen schweren Koffer niemals schleppen, ich habe nämlich ein Rückenleiden.«
»Ich kenne diesen Schriftsteller gar nicht, ich bin Musiker!«, sagte der zweite Herr. »Kann ich jetzt bitte meinen Geigenkasten abschicken? Meine Geige muss nämlich zur Reparatur, bevor die Post schließt!«
»Ich gebe zu, dass ich Töpfer kenne. Ich wusste sogar, dass er sich in Goldbarren bezahlen lässt, aber das steht ja in jeder Illustrierten, Herr Kommissar.« Der dritte Herr zuckte mit den Schultern. »Vielleicht hat ja auch Herr Töpfer Sie belogen und er hatte gar keinen schwarzen Aktenkoffer dabei?«
»Schon möglich«, murmelte Schlotterteich. Aber der Kommissar wusste schon, dass dem nicht so war. Er zog seine Handschellen heraus, verhaftete den völlig überraschten Täter und stellte das geraubte Gold sicher.
Wer war der Täter und wo ist das Gold?

Die Urlaubsvertretung

Schlotterteich kettete die vierunddreißig Räuber aneinander, die er im Einkaufszentrum geschnappt hatte. Zusammen mit den fünfen, die schon wieder im Gefängnis saßen, machte das neununddreißig.
Jetzt bringe ich erst einmal die hier in Sicherheit, dachte der Kommissar. Um den fehlenden Ganoven würde er sich dann immer noch kümmern können.
Im Gefängnis angekommen staunte der Polizeibeamte, der den Papierkram ausfüllen musste, nicht schlecht.
»Das ging aber schnell!«, sagte er.
»Einer fehlt noch, den liefere ich nach«, sagte der Kommissar.
Der Polizist lachte. »Das glaube ich Ihnen gern!«
Schlotterteich musterte den Kollegen. »Sie sind neu hier, oder? Ich habe Sie noch nie gesehen.«
»Ach, ich bin nur die Urlaubsvertretung«, sagte der Polizist.
Schlotterteich nickte.
»Gut, ich bringe die Ganoven dann mal zurück in ihre Zelle, Herr Schlotterteich.«
»Tun Sie das, Herr – äh.« Der Kommissar stockte –

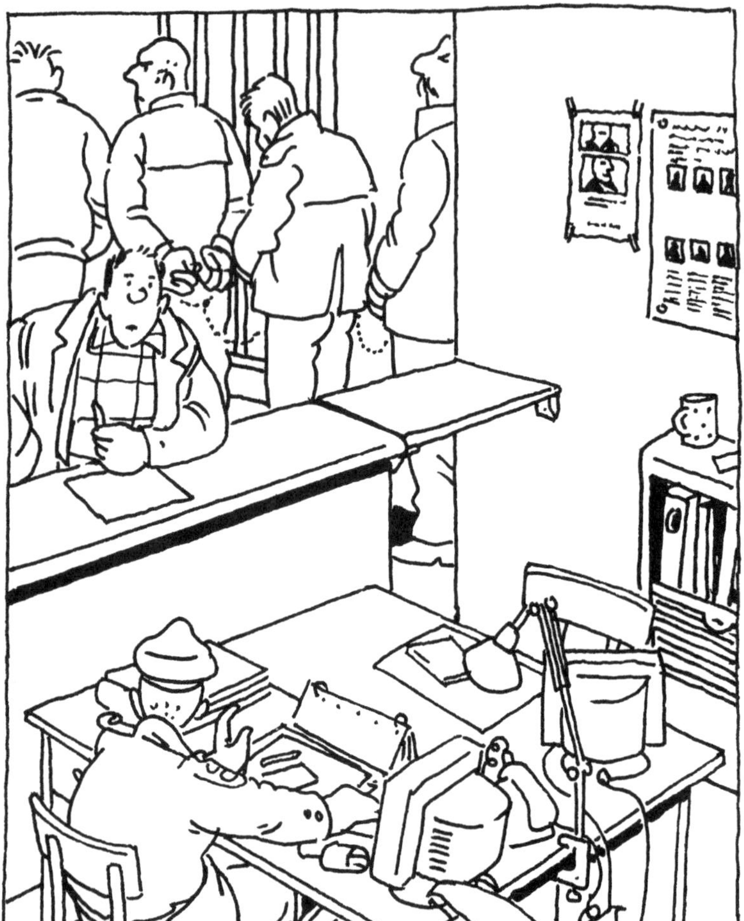

hatten Sie sich überhaupt schon vorgestellt? »Jetzt habe ich Ihren Namen doch glatt wieder vergessen.«

»Meier«, sagte der Polizist und lächelte.

Schlotterteich schüttelte den Kopf. »Diesen Namen sollte man sich eigentlich merken können, oder nicht?«

»Wer so viele Räuber an einem Tag festnimmt wie Sie, Herr Schlotterteich, kann durchaus ein bisschen müde und vergesslich werden.« Der Polizist grinste Schlotterteich an.

»Sie haben Recht, Herr Meier. Man kann schon müde werden, wenn man die vierzig Räuber an einem Tag wieder einfangen will, sonst hätte ich Sie bestimmt sofort erkannt.« Der Kommissar holte die letzten Handschellen aus der Aktentasche und legte sie dem falschen Polizist an.

Woran hat Schlotterteich erkannt, dass Herr Meier kein echter Polizist ist?

Lösungen

Seite 15
Direktor Armin und die vierzig Räuber

An der Stelle, an der die Räuber über die Mauer geklettert sind, steht noch eine Leiter. Hinter der Mauer ist ein LKW liegen geblieben. Eine Ölpfütze hat sich über den Bürgersteig ergossen. Durch diese Pfütze sind die Räuber getappt. Und zwar nach rechts zum Einkaufszentrum.

Seite 19
Kleider, Leute, fette Beute

Einer der Räuber steht als Schaufensterpuppe verkleidet im Schaufenster.

Seite 23
Die Fahrstuhl-Falle

Der Herr vorne rechts mit der Aktentasche hat die Halskette an seine Weste gehängt.

Seite 27
Kollege, Kollege

1.) Auf dem Schreibtisch steht ein Kalender, in den der Detektiv seinen Urlaub eingetragen hat (25. 7. bis 10. 8.). Die Uhr an der Wand hat auch eine Datumsanzeige (4. 8.): Der Hausdetektiv ist momentan im Urlaub. 2.) An der Tür hängt ein Schild mit Rauchverbot: Der wahre Hausdetektiv ist Nichtraucher. 3.) An der Wand hängt eine Kinderzeichnung mit der Aufschrift »für Papa«. Der wahre Hausdetektiv hat Kinder.

Seite 31
Oma von Runzelsteins Rente

Der Taschendieb mit dem schwarzen Lockenkopf hat sich im Passfoto-Automat versteckt. Verräterischerweise hat er ein Foto von sich machen lassen, das der Automat gerade ausgibt.

Seite 34
Gute Reise?

Der Computer ist nicht an das Stromnetz angeschlossen.

Seite 38
Carlas Café

Der Erpresser sagte, dass Carlas das Geheimrezept in eine alte Keksdose legen sollte. Keksdosen sind aus Blech und daher magnetisch. Der Erpresser wollte sich das Rezept unerkannt mit einem Magneten angeln. Er steht links neben der Säule, an seiner Angel hängt ein großer Magnet.

Seite 43
Pinkelpause

Hinter jeder Kabine sind Schuhe zu sehen. Allerdings sind nur bei drei Leuten die Hosen heruntergelassen. Der Vierte steht einfach so hinter der Tür.

Seite 46
Tickt der noch richtig?

Ein Passant vorne rechts, der mit einer Zeitung sein Gesicht verdeckt, trägt an beiden Handgelenken je eine Uhr.

Seite 50

Die geklaute Glotze

Die beiden jungen Männer sind die Diebe. Sie haben ausgesagt, dass einer der Täter mit der Rolltreppe runtergefahren sei, aber die Rolltreppe fährt aufwärts. Der andere hat gesagt, dass der zweite Täter den Fahrstuhl genommen habe. Aber am Fahrstuhl hängt ein Schild: »Außer Betrieb«.

Seite 53

Der Banküberfall

Auf dem kleinen Bild ist der Banküberfall zu sehen: Der Ärmel des Räubers, der ein auffälliges Muster hat, ragt ins Bild. Auf dem großen Bild (Schalterhalle) steht dieser Mann links an der Säule.

Seite 57

Die Sammlung

Die Briefmarken, die ausgestellt sind, hängen gerahmt an den Wänden. An der Wand hinten fehlt ein dreieckiger Rahmen. Eine Besucherin links hat ein dreieckiges Paket unter dem Arm.

Seite 61

Ralf Rabauke spielt Verstecken

Rabauke steht hinter der Rutsche an der Wand. Er hat zur Tarnung einen Lampenschirm über den Kopf gezogen.

Seite 65
Fritsches Fischmarkt

Herr Wiehre hat gelogen! Er hat gesagt, dass er noch nie im Fischladen war und keinen Fisch mag: Aber aus seinem rechten Ärmel guckt anstelle einer Hand die Schwanzflosse eines Karpfens heraus.

Seite 69
Sabrina ist entwischt

Sabrina hat sich links von den beiden Perücken versteckt: Aber sie hat nicht aufgehört zu rauchen! Der Mann hat sich mit der Behauptung verraten, dass er keinen Lockenkopf gesehen habe und dass er Sabrina nicht kennt: Dass Sabrina Locken hat, hatte Schlotterteich ihm nicht gesagt – das hätte er also nicht wissen können.

Seite 73
Der gebildete Kranke

Im Wartezimmer sitzt ein »Blinder«, der eine Zeitschrift liest.

Seite 77

Der gestohlene Sarg

Über der Tür steht »Meier-Bestattungen seit 150 Jahren in Familientradition«. Herr Meier hat aber behauptet, dass er erst seit zehn Jahren im Geschäft ist und seine Eltern etwas dagegen haben, dass er diesen Job macht.

Seite 81

Im Supermarkt

Hinten links steht ein Paar, das eine mit Geldscheinen gefüllte Cornflakespackung in seinem Einkaufswagen »versteckt« hat.

Seite 85

Im Keller

Der Verdächtige steckt in einem leeren Weinfass vorne links. Durch ein kleines Loch im Deckel guckt er in den Keller.

Seite 90

Der schönste Hut der Welt

Die Frau, die den Hut gestohlen hat, steht hinten links vor dem Zoogeschäft. Ein Papagei, der in einem Käfig vor dem Zoogeschäft sitzt, knabbert an einem der echten Äpfel auf ihrem Hut herum.

Seite 94
Die verschwundene Kaffeekasse

Eine Frau, die den Laden gerade verlässt, hat zwei verschiedene Schuhe an. Einen Stöckelschuh und einen alten Stinkstiefel.

Seite 98
Kleine Fische

Der Kunde war's: Er hat sich angeblich die Schnürsenkel zugebunden, als die Silberfischchen geklaut wurden. Aber er trägt Gummistiefel. Außerdem wusste er, dass zehn Silberfischchen gestohlen wurden. – Die Anzahl hatte der Verkäufer aber nicht gesagt.

Seite 102
Der Taschendieb

Der Taschendieb steht direkt hinter Schlotterteich, man kann nur seine Hand sehen. Er ist gerade dabei, die Polizeimarke an einen Verkaufsständer mit Anhängern und Schildern zu hängen.

Seite 106

Bella von Buller

Auf dem obersten Regalboden, links an einer Drachenleine; rechts als Schornsteine im Schiff; darunter im Wagen der Eisenbahn; auf dem mittleren Regalboden ganz links in der Schubkarre des Gartenzwergs; auf dem untersten Regalboden im Schulranzen des dritten Teddys von links und im Eimer unten rechts.

Seite 111

Der heimliche Mitbewohner

Unter dem Sessel hinten rechts.

Seite 115

Das Auto

Das Auto im rechten Bild am linken oberen Rand hat kein gültiges Nummernschild, sondern noch das Verkaufsschild vom Autohaus mit der Aufschrift »Schulz« und die vier Diebe kommen sicherlich bald zurück, um sich ihre Beute abzuholen.

Seite 119

Der geklaute Computer

Der Computerladen liegt nicht im Erdgeschoss, sondern in einem Obergeschoss (das kann man an den Baumkronen vor dem Fenster erkennen), deshalb kann hier gar kein Lieferwagen vorfahren. Das hat Herr Bremme aber behauptet.

Seite 123

Das kleinste Buch der Welt

Der feine Herr ist der Dieb. Er hat behauptet, dass er sich festgelesen hatte. Aber das Buch, das er gelesen haben will, hält er falsch herum.

Seite 127

Goldrausch

Der Dieb ist der Mann mit der Geige. Das Gold liegt im Geigenkasten. Die Waage zeigt das Gewicht des Kastens an: 20 Kilogramm. Eine Geige mit Geigenkasten wiegt nur 2–3 Kilogramm. Ist viel leichter!

Seite 131

Die Urlaubsvertretung

Herr Meier sitzt am Schreibtisch mit einer Fußkette und einer Eisenkugel.

Erwischt!

Geisterfahrer

»Huch, haben Sie mich aber erschreckt!«, rief John MacSchreck, der Besitzer der gruseligsten Geisterbahn Europas, als Kommissar Schlotterteich sein Büro im Freizeitpark betrat.
»Sie hatten mich rufen lassen.« Der Kommissar zeigte seine Polizeimarke vor.
»Ja, ja, stimmt. Ich bin letzte Nacht bestohlen worden«, sagte MacSchreck. »Die ganzen Einnahmen von dieser Woche sind weg.«
MacSchreck erbleichte und deutete auf eine Spinne, die über dem Safe im Nebenraum hockte.
»Könnten Sie die vielleicht raussetzen? Ich habe schreckliche Angst vor diesen Viechern.«
Schlotterteich hätte nie gedacht, dass ausgerechnet der Besitzer einer Geisterbahn so schreckhaft und ängstlich sein würde, und brachte die Spinne hinaus in den Freizeitpark.
»Sie wundern sich sicherlich, warum ausgerechnet so ein Angsthase wie ich eine Geisterbahn betreibt, oder?«, fragte MacSchreck, während Schlotterteich den Safe nach Fingerabdrücken absuchte. »Aber das ist ganz einfach: Von Angst verstehe ich was. So kann ich mir immer die schönsten MacSchreck-Er-

schreck-Elemente für die Geisterbahn ausdenken. Die ganze Bahn ist mittlerweile so Furcht erregend geworden, dass ich mich selbst gar nicht mehr traue mitzufahren. Als der Einbrecher letzte Nacht am Werk war, habe ich mich auch nicht rausgetraut: Ich saß um Mitternacht noch nebenan in der Küche und habe Beruhigungstee getrunken, da habe ich ihn gehört.«

Schlotterteich konnte keinen einzigen Fingerabdruck finden, weder auf dem Safe noch im Safe. Der Dieb hatte anscheinend alles fein säuberlich abgewischt.

»Haben Sie einen Verdacht, wer Ihren Safe ausgeräumt haben könnte?« Der Kommissar rechnete nicht wirklich damit, dass MacSchreck ihm irgendwie helfen konnte – der Mann war einfach zu ängstlich. Aber da hatte er sich gründlich getäuscht.

»Allerdings! Es kann nur einer meiner drei Piraten gewesen sein. Nur sie wissen, wo der Safe steht und dass ich jeden Freitagmorgen die Einnahmen zur Bank bringe.«

Die Mitarbeiter von MacSchreck sahen schon eher nach Geisterbahnbetreibern aus. Aber jeder der drei finsteren Piraten hatte ein Alibi.

»Ich hab das Büro schon seit Tagen nicht mehr betreten«, sagte der Holzbein-Pirat. »Und um Mitternacht habe ich mit meiner Mutti telefoniert, die wird Ihnen das bestätigen.«

»Ich war zwar im Büro, aber da war der Safe schon leer«, sagte der einäugige Pirat. »Außerdem war das nach Mitternacht, das kann mein Kollege bezeugen.«

»Stimmt«, sagte der Pirat mit der Hakenhand. »Wir haben bis halb eins Schiffeversenken gespielt, dann sind wir noch in die Haifisch-Bar gegangen und dann nach Hause.«

Schlotterteich grinste vor sich hin.

»Sie sind ja drei ganz ausgebuffte Piraten«, murmelte er. »Aber der Dieb entkommt mir trotzdem nicht.«

Wer war's?

Jagd auf Harry Lunke

»So ein Super-Mist!«
Schlotterteich hatte schlechte Laune. Der berüchtigte Harry Lunke war angeblich in der Stadt. Da würde sicherlich bald etwas passieren, denn Harry war geradezu süchtig nach Verbrechen. Die Liste der Verbrechen, die dieser Ganove auf dem Kerbholz hatte, füllte ganze Aktenlager. Schlotterteich hatte sogar schon einmal eine Konferenz besucht, die herausfinden sollte, ob es irgendwo auf der Welt noch ein einziges Gesetz gab, gegen das Harry Lunke nicht verstoßen hatte. Für die Richter wäre das sehr praktisch gewesen, denn dann hätten sie Harry Lunke ganz einfach wegen ›Verstoß gegen alles‹ mit der Höchststrafe bestrafen können – ohne seine Untaten in jahrelanger Schreibarbeit einzeln auflisten zu müssen. Leider scheiterte die Konferenz an Übersetzungsproblemen.
Und jetzt war dieser Mann in Schlotterteichs Nähe und kein Kollege hatte Zeit, sich um seine Verhaftung zu kümmern. Denn die waren alle entweder als Zuschauer oder als Sicherheitsbeamte beim Halbfinale im Fußballstadion. Schlotterteich hätte sich das Spiel auch gern angesehen, aber genau damit schien Harry Lunke zu rechnen.

Wenigstens hatte der Kommissar noch den Hinweis bekommen, dass Lunke unter Flugangst litt. Und weil alle Straßen wegen des Fußballspiels verstopft, zugeparkt oder gesperrt waren, konnte er deshalb eigentlich nur mit der Eisenbahn aus der Stadt verschwinden.

Aber am Bahnhof konnte Schlotterteich nichts Verdächtiges feststellen: Niemand war bestohlen, entführt oder auch nur beschimpft worden. Der Bahnbetrieb lief in schönstem Frieden vor sich hin. Doch

Schlotterteich kam dieser Friede verdächtig vor. Aber sosehr er die Leute auch befragte und Augen und Ohren aufsperrte: Auf dem Bahnhof schien Harry Lunke nicht gewesen zu sein.

»Du bist zu misstrauisch, Schlotterteich«, murmelte der Kommissar zu sich selbst. Das war vermutlich eine Berufskrankheit. Er wollte nach Hause gehen, um sich wenigstens die zweite Halbzeit im Fernsehen anzusehen. Da erschrak er plötzlich.

»Schlotterteich, du Blindschleiche!«, flüsterte der

Kommissar. »Um ein Haar wäre dir der Fisch durchs Netz geschlüpft.« Er holte seine Handschellen heraus.

Wo hat sich Harry Lunke versteckt?

Im Hotel „Zur Verrosteten Gürtelschnalle“

»Aber das kann doch gar nicht sein.« Schlotterteich war verzweifelt. An einem einzigen Tag waren siebzehn schwarze Limousinen gestohlen worden und alle Diebstähle waren nach demselben Muster abgelaufen: Keine Spuren, keine Zeugen, und die Besitzer der Wagen hatten keine Ahnung, wie es passiert war. So etwas konnte eigentlich nur einer fertig bringen, und der saß schon seit Jahren hinter Gittern: der Schwarze Herbert. Routinemäßig rief Schlotterteich im Gefängnis an und fragte, ob der Häftling Herbert Schwarz noch in seiner Zelle säße.

»Der Schwarze Herbert?«, fragte der Kollege am anderen Ende der Leitung. »Sie meinen den Spinner, der immer schwarze Anzüge, schwarze Hemden, Socken, Krawatten und angeblich sogar schwarze Unterhosen trägt?«

»Genau den!«, antwortete der Kommissar.

»Nein, bedaure, Herr Schlotterteich. Der Schwarze Herbert ist heute nicht bei uns. Der hat einen Tag Ausgang, weil er zur Beerdigung seiner Großtante will.«

Schlotterteich runzelte die Stirn. Der Schwarze Herbert war selbst schon kurz vor der Rente und seine

HOTEL

Großtante war sicherlich schon vor Jahrzehnten gestorben. Da hatten sich die Kollegen offensichtlich an der Nase herumführen lassen. Aber der Kommissar brauchte nicht lang nach dem Verbrecher zu suchen, denn der Schwarze Herbert wohnte eigentlich immer im Hotel »Zur Verrosteten Gürtelschnalle«. Und zwar in der Kaiser-Wilhelm-Suite.

Doch der Hoteldirektor schüttelte den Kopf. »Tut mir Leid, Herr Kommissar. Hier war der Schwarze Herbert nicht. Sehen Sie selbst: Die Suite haben wir schon seit Wochen nicht mehr vermietet.«

Schlotterteich nickte. Dann sah er den Hoteldirektor streng an und sagte: »Sie wissen, dass Sie Schwierigkeiten bekommen, wenn Sie den Schwarzen Herbert verstecken oder ihm bei der Flucht helfen, nicht wahr?«

Der Hoteldirektor riss erschrocken die Augen auf und rief: »Aber warum sollte ich Schwierigkeiten bekommen?«

Ja, warum?

Der Dackel-Verdacht

»Dafür werden Sie bezahlen!«, rief Anton. »Und Ihr fürchterliches Stinktier kriegt einen Maulkorb verpasst!«
»Reden Sie doch keinen Unsinn!«, versuchte Frau Meier-Meyer ihn zu beruhigen.
»Worum geht es denn?«, fragte Kommissar Schlotterteich.
»Der blöde Kampfköter dieser Frau hat mich ins Bein gebissen!« Anton zeigte dem Kommissar die Wunde in seiner Wade.
»Das ist totaler Quatsch!«, rief Frau Meier-Meyer aufgebracht. »Mein Seppel hat noch nie jemanden gebissen. Er ist der friedlichste Dackel der Stadt. Da können Sie jeden fragen, Herr Kommissar! Mein Seppel hat noch nicht mal die Katze von meinem Vetter in der Südstadt gejagt. Nichts und niemanden würde mein Seppel jemals beißen, es sei denn, es ist Hundefutter und kommt frisch aus der Dose.«
»Ja, ja, so sind diese Hundebesitzer!« Anton kriegte schon einen ganz roten Kopf von seiner Schreierei. »Aber mein Freund Boris hat alles gesehen! Ich will Schmerzensgeld von Ihnen! Und zwar nicht zu

knapp! Sie können froh sein, wenn ich Sie und Ihren dämlichen Wau-Wau nicht verklage.«

»Was haben Sie denn gesehen?«, fragte Schlotterteich den Freund des Gebissenen.

Boris lächelte Schlotterteich freundlich zu. »Tja, wir kommen gerade vom Einkaufen, biegen um die Ecke, da rast dieser Hund auf Anton zu und beißt ihm einfach ins Bein. Der war noch nicht mal angeleint.«

Frau Meier-Meyer schnappte nach Luft. »Also, das ist doch die größte Unverschämtheit, die mir und Seppel jemals untergekommen ist.«

»Das würde ich allerdings auch sagen«, murmelte Schlotterteich.

Sabotage in der Boxengasse

Michaela Hutmacher war eine ehemalige Kollegin von Kommissar Schlotterteich. Zwei Jahre hatte er sie ausgebildet – genau genommen hatte er *versucht* sie auszubilden. Aber Michaela war eine hoffnungslos schlechte Polizistin gewesen. Selbst der tollpatschigste Halunke konnte ihr entwischen, wenn er es nicht gerade mit dem Auto versuchte, denn im Autofahren war Michaela Hutmacher kaum zu schlagen. Deshalb hatte sie es sich auch bald anders überlegt: Jetzt fuhr sie Autorennen. Da war sie gar nicht schlecht! Den großen Preis von Monte Karacho hatte sie schon dreimal gewonnen. Jetzt ging es um die Weltmeisterschaft. Aber seit einigen Rennen hatte Michaela immer wieder dasselbe Problem: Sie fuhr aus ihrer Box und schon nach wenigen Kilometern machte ihr Motor schlapp.

»Wir haben alles auseinander genommen. Und weißt du, was wir im Getriebe gefunden haben? Zigarettenkippen! Kein Wunder, dass meine Rakete nicht auf Touren gekommen ist«, sagte Michaela. »Ich habe auch einen Verdacht, wer dahinter stecken könnte: die Typen vom Rennstall nebenan.«

»Also, wo ist das Problem?«, fragte Schlotterteich.

Michaela Hutmacher seufzte. »Ich konnte denen nichts nachweisen.«

»Ich kümmere mich darum«, sagte Kommissar Schlotterteich.

Aber als er die Werkstatt neben Michaelas Rennstall besuchte, stritten die Mechaniker alles ab.

»So ein Blödsinn! Wir sind eine reine Nichtraucherwerkstatt!«, sagte der Chefmechaniker. »Die Hutmacher kann nur nicht verlieren, das ist alles. Wahrscheinlich schmeißt sie selbst die Kippen in den Tank, um uns anschwärzen zu können!«

Aber Schlotterteich ließ sich nicht an der Nase herumführen.

Der geklaute Hit

»Herr Kommissar, es ist entsetzlich«, sagte der berühmte und geniale Popmusiker Holk Besenbind, als Schlotterteich seine Villa betrat. »Einer meiner so genannten Freunde muss mich letzte Nacht bestohlen haben!«
Der Künstler führte Schlotterteich in sein Schlafgemach.
»Ich habe nichts verändert seit dem Überfall. Ich hatte für meine Freunde gekocht, wir haben zusammen zu Abend gegessen, aber wie immer wurde ich direkt nach dem Nachtisch müde. Ich kenne mich, Herr Kommissar, wenn ich nicht genug Schlaf bekomme, habe ich am nächsten Morgen eine Halsentzündung.«
»Was ist Ihnen denn überhaupt gestohlen worden, Herr Besenbind?«, fragte Schlotterteich.
»Mein neuester Hit! Es ist grauenhaft: Ich habe gestern Nachmittag noch einen Hit aufgenommen. Das Band mit der Aufnahme lag hier oben in meinem Schränkchen. Und in der Nacht bemerkte ich plötzlich eine Gestalt direkt davor. Ich habe noch ›Halt!‹ gerufen, aber da hatte mir die Gestalt schon eins übergezogen und ich bin auf mein Bett gesunken.«

Schlotterteich ließ sich die Sicherheitsanlage der Villa noch einmal genau zeigen. Aber es bestand kein Zweifel: Von außen war niemand eingedrungen. Es musste tatsächlich einer von Holk Besenbinds Freunden gewesen sein, wie der Künstler ja selbst schon vermutet hatte. Aber die Freunde schienen alle Alibis zu haben.

»Ich bin nach dem Essen selbst ins Bett gegangen«, sagte Alfons. »Um mit Holk zu kämpfen, wäre ich viel zu müde gewesen.«

»Das kann ich bestätigen, Herr Kommissar«, sagte Harvey. »Ich bin mit Kitty um Mitternacht an Alfons' Zimmer vorbeigeschlichen, weil wir zum Telefon wollten, um Kitty ein Taxi zu rufen. Da hörten wir ihn in seinem Zimmer schnarchen.«

»Und Kitty ist dann auch mit dem Taxi weggefahren?«, fragte Schlotterteich.

»Ja, um zehn nach zwölf kam das Taxi. Da bin ich selbst schlafen gegangen«, sagte Harvey.

»Das Taxi haben wir auch gehört«, bestätigten John und Paula. »Wir saßen die ganze Nacht im Salon und haben Schach gespielt.«

»Wirklich die ganze Nacht?«, fragte Schlotterteich nach.

»Na ja, also bis vier Uhr, um es genau zu nehmen«, gestand Paula. »Denn dann hat John so ewig lange über einen Zug nachgedacht, dass ich versehentlich eingeschlafen bin.«

»Alles klar«, murmelte Schlotterteich. »Ich möchte dem Täter oder der Täterin jetzt noch die Chance geben, sich freiwillig zu stellen«, sagte der Kommissar. »Das kommt vor Gericht nämlich gut an.«
Und tatsächlich wollte jemand ein Geständnis ablegen.
Wer war's?

Die Kirche von Ödhausen

Ödhausen war ein Dorf ganz nach Schlotterteichs Geschmack. Hier gab es fast nichts: keine Autos, keinen Stau, keine Ampeln, weil es keine Kreuzung gab; keine großen Geschäfte und erst recht keine Verbrecher – normalerweise. Das Einzige, was es in Ödhausen in Hülle und Fülle gab, waren Gärten: Jedes Haus hatte einen Obst-, Gemüse- und Blumengarten, es gab zwei Kindergärten, einen Schulgarten, jede Menge Vorgärten und sogar einen Verkehrsgarten, damit die Kinder von Ödhausen lernen konnten, was eine Kreuzung ist. Außerdem hatte Ödhausen die älteste Brennnessel-Aufzucht des Landes und eine schöne alte Kirche zu bieten. In so einer Idylle hätte Schlotterteich selbst gern mit seiner Familie gelebt – wenn Ödhausen einen Bahnhof gehabt hätte. Aber den hatte das Dorf nicht, und so musste der Kommissar stundenlang mit dem Auto herumkurven, bis er endlich zu seinem Sondereinsatz kam.

»Von wegen Idylle! Die Kirche ist völlig kaputt«, jammerte der Pfarrer, als Schlotterteich bei ihm angeklopft hatte. »Das Dach ist undicht, die Orgel schon seit Jahren verstimmt und die Glocke tut's

auch nicht mehr.« Pfarrer Ole Öde seufzte. »Kein Wunder, dass niemand mehr hierher in den Gottesdienst kommt. Ohne Glocke weiß ja keiner, wann es losgeht. Ja, und als wäre das alles nicht schon schlimm genug, habe ich nun auch noch diesen schrecklichen Verdacht.«

Schlotterteich folgte dem Pfarrer vom Pfarrhaus hinüber zur Kirche.

»Sie müssen vorsichtig sein, Herr Kommissar«, sagte der Pfarrer. »Dieser Eindringling versteckt sich sehr geschickt, sobald jemand auftaucht. Manche Leute im Dorf haben sogar schon behauptet, dass ich mir diesen Ganoven nur eingebildet habe.« Der Pfarrer stieg vor Schlotterteich die Stufen des Kirchturms hinauf.

»Was hat er denn ausgefressen?«, fragte der Kommissar.

»*Aus*gefressen? Das ist nicht die richtige Frage«, sagte Pfarrer Ole Öde. »Die richtige Frage ist, was er *auf*gefressen hat. Und das ist so ziemlich alles, was die Kirche und das Dorf und seine Gärten zu bieten haben! Den ganzen Abendmahlswein und das Weißbrot hat er mir gestohlen. Und im Dorf fehlen Kirschen, Pflaumen, Mirabellen, Kürbisse, Kartoffeln – einfach alles! Auf einer Grillfeier beim Ortsvorstand ist ein Spanferkel spurlos verschwunden und sogar der Brennnesselsalat war plötzlich weg.« Ole Öde traten die Tränen in die Augen. »Und ausgerechnet in meinem Kirchturm versteckt er sich! Aber Sie sehen ja selbst, der Vogel ist ausgeflogen. Wahrscheinlich treibt er gerade wieder irgendwo in Ödhausen sein Unwesen.«

Aber Kommissar Schlotterteich schüttelte nur stumm den Kopf und holte seine Handschellen heraus.

Gefährliche Schifffahrt

Schlotterteich freute sich über seinen neuesten Sondereinsatz: Er sollte für die Sicherheit der Prinzessin von Bad Berleburg an Bord eines Kreuzfahrtschiffs sorgen. Mit einem Blick musterte er die Liste der Passagiere. Auch die Namen aller Mannschaftsmitglieder ließ er sich von der Kapitänin geben. Aber als er am Ende der Liste angekommen war, erschrak der Kommissar. Denn der Küchenchef war niemand anders als der Giftmischer Julian Kotzebube. Kotzebube hatte es schon einmal geschafft, eine ganze Schafherde samt Schäferhund und Schäfer so zu vergiften, dass ihnen allen ein grasgrüner Wolfspelz wuchs. Und ausgerechnet dieser Schuft sollte das Essen für die Gäste an Bord zubereiten?

Schlotterteich marschierte schnurstracks in die Kombüse. Und tatsächlich traf er dort Kotzebube am Kochtopf an.

»Schlotterteich, schön Sie zu sehen!«, rief der Ganove. »Wollen Sie sich vergewissern, dass ich meinem Schwur treu geblieben bin?«

Schlotterteich zog die Stirn in Sorgenfalten. »Was denn für ein Schwur?«

»Wissen Sie das etwa nicht?« Kotzebube rückte seine

Kochmütze zurecht. »Ich bin ehrlich geworden. Jawohl, Schlotterteich: Ich koche nur noch anständige Menüs – garantiert ohne Rattengift und solche Späße. Das habe ich im Gefängnis gelernt. Wollen Sie mal von meinem Gänsebraten mit Champignonsauce probieren?«

Schlotterteich schüttelte den Kopf. Diesem Braten traute er nicht.

»Ich werde Sie im Auge behalten«, murmelte er und wollte wieder hinauf aufs Deck. Aber dann drehte sich der Kommissar doch noch einmal um, holte ein Paar Handschellen heraus und verhaftete Julian Kotzebube auf der Stelle.

»Was fällt Ihnen ein, Herr Kommissar?«, rief der Koch empört. »Sie können doch nicht einfach einen friedliebenden Koch verhaften!«

»O doch, das kann ich«, sagte Kommissar Schlotterteich. »So etwas nennt man auf frischer Tat ertappt, würde ich sagen.«

Wobei hat Schlotterteich Kotzebube erwischt?

Blinde Passagiere

»Wunderbar – ganz und gar wunderbar.« Kommissar Schlotterteich streckte sich in einem der Liegestühle auf dem Sonnendeck des Kreuzfahrtschiffs aus. So hatte er sich diesen Auftrag vorgestellt. Der Giftmischer war verhaftet und der Hafenpolizei übergeben. Nun konnte der Prinzessin von Bad Berleburg nichts mehr geschehen, denn alle Fahrgäste waren inzwischen kontrolliert worden, und falls doch jemand etwas ausgefressen hatte, konnte er kaum flüchten. Schließlich war um das Schiff herum nichts als Wasser, Wasser und nochmals Wasser.
»Entschuldigen Sie, Herr Kommissar.« Eine Frau trat zwischen Kommissar Schlotterteich und die Sonne.
Schlotterteich öffnete die Augen einen Spalt, um die Besucherin zu bitten ihm aus der Sonne zu gehen. Aber als er sah, wer da im Gegenlicht stand, setzte der Kommissar sich sofort auf.
»Frau Kapitänin, ist etwas passiert?«
Die Kapitänin des Kreuzfahrtschiffs nickte. »Ja, leider. Ich habe soeben einen Funkspruch von der Küstenwache erhalten. Angeblich soll sich eine Verbrecherbande unter falschem Namen auf unser Schiff

geschmuggelt haben.« Die Kapitänin legte die Stirn in Sorgenfalten und setzte sich auf den Liegestuhl neben Schlotterteich. »Der Chef der Küstenwache lässt Ihnen ausrichten, es handle sich um die so genannten ›Kojoten‹. Sagt Ihnen der Name irgendetwas?«

Schlotterteich schluckte. Die ›Kojoten‹ – das sagte ihm allerdings eine ganze Menge. Das war eine Verbrecherbande, die die Stadt und das Land vor einigen Jahren in Atem gehalten hatte: Raubüberfalle in zweihundertsiebenundfünfzig schwer wiegenden Fällen gingen auf das Konto dieser hochgradig kri-

minellen Gruppe. Angeblich hatten die Kojoten aber bei ihrem letzten großen Raubzug eine so fette Beute gemacht, dass sie sich irgendwo im Sauerland zur Ruhe gesetzt hatten. Hatten die ihren Ruhestand etwa aufgegeben und machten nun Jagd auf die Prinzessin von Bad Berleburg und ihre Diamanten? Schlotterteich stand auf. »Ich kümmere mich darum, Frau Kapitänin.«
Er lief den ganzen Tag über das Schiff und beobachtete die Leute. Er kontrollierte die Papiere des Schiffs und der Passagiere. Aber so kritisch Schlotterteich auch war: Er fand niemanden, der als ein

Mitglied der ›Kojoten‹ in Frage kam. Und dummerweise konnte die Küstenwache keine Phantombilder schicken.

»Morgen ist ja auch noch ein Tag«, sagte der Kommissar am Abend zu sich selbst und betrat den großen Festsaal, um sich an der Bar ein Bier zu genehmigen.

Schlotterteich trank einen Schluck und stutzte. Er trank einen zweiten Schluck und stutzte ein zweites Mal.

Und dann ging alles sehr schnell.

Die Entführung

»Hier herein, Herr Kommissar.«
Die Kammerzofe führte Schlotterteich in den Salon des Grafen von Isolario, einer winzigen Insel mitten im Atlantik, von der ein Notruf an das Kreuzfahrtschiff gesendet worden war. Der Graf saß auf seinem roten Sofa, ließ den Kopf hängen und schluchzte: »Nehmen Sie Platz, Herr Kommissar. Oder besser noch: Holen Sie mir meine Julia zurück. Und zwar sofort.«
Schlotterteich räusperte sich. »Herr Graf, Sie müssen mir erst einmal erzählen, was passiert ist.«
Der Graf hob den Kopf und sah Schlotterteich mit verheulten Augen an. »Was passiert ist? Meine Tochter Julia ist entführt worden! Sie ist mein Ein und Alles, mein Augenstern, mein geliebtes Töchterchen. Hier, dieses Schreiben haben sie mir geschickt, diese Halunken!« Er reichte Schlotterteich einen Brief. »Es müssen die Schmuggler gewesen sein, die hier vor der Insel ihr Unwesen treiben! Eine Million wollen sie. Eine Million oder sie versenken Julia im Meer!«
Schlotterteich las den Erpresserbrief geduldig durch. Für Fingerabdrücke war es sowieso zu spät:

Der Graf hatte das Papier mit seinen Tränen völlig durchnässt.
»Wie ist denn diese Nachricht zu Ihnen gekommen?«, fragte der Kommissar.
Der Graf schnippte mit den Fingern und rief: »Bringt Romeo herein!«
Ein gut aussehender junger Fischer betrat den Salon und verbeugte sich vor dem Kommissar und dem Grafen.
»Romeo, erzähl dem Kommissar, wie du die Nachricht von Julias Entführung gefunden hast!«, befahl der Graf.
Romeo zuckte mit den Schultern und sagte: »Ich habe die Flaschenpost heute im Morgengrauen aus dem Meer gefischt, gar nicht weit weg von hier. Soll ich Ihnen die Stelle zeigen?«
»Nicht nötig«, sagte Schlotterteich. »Ich weiß, wer Julia entführt hat.«

Hansi ist weg!

»Huuuuuuuuuu, es ist ja sooooo uuuuuuungerecht!«, heulte die kleine Marie.
Schlotterteich hatte einige Schwierigkeiten, das sonst eigentlich ganz vernünftige Kind zu beruhigen.
»Warum hast du denn die Polizei gerufen, Marie?«
»Mein Hansi!« Aber da schossen Marie schon wieder die Tränen in die Augen. Sie konnte nicht mehr sprechen, heulte und deutete auf einen leeren Vogelkäfig, der am Fenster stand.
»Ist dein Vogel weggeflogen?«, fragte Schlotterteich.
»Nein, mein Wellensittich würde niemals wegfliegen!«, rief Marie. »Der ist doch ganz zahm. Der Hansi frisst mir sogar aus der Hand, Herr Schlotterteich! Und er setzt sich bei mir auf die Schulter. Ich stand sogar schon einmal mit dem Hansi auf der Schulter auf dem Balkon – und er ist *nicht* weggeflogen!« Eine dicke Träne kullerte über Maries Wange. »Der ist bestimmt gestohlen worden!«
Schlotterteich seufzte. Wenn der Polizeipräsident das hören würde, würde er dem Kommissar den Kopf waschen! Ein entflogener Vogel, das war doch

kein Fall für einen erfahrenen Kriminalkommissar wie Schlotterteich.

Aber Marie blieb dabei: »Als ich nach Hause gekommen bin, war der Hansi weg. Aber der Käfig war zu. Und das Fenster auch.«

Das hörte sich schon eher nach einem Fall für Schlotterteich an.

»Wer hat denn einen Schlüssel zu eurer Wohnung?«, fragte der Kommissar.

»Meine Mama und ich, aber Mama ist ja immer bei der Arbeit. Dann noch der Hausmeister und Frau Polmann von oben.«

Schlotterteich verhörte die beiden Tatverdächtigen sofort.

»Ich hab vielleicht einen Vogel«, sagte Herr Rossmann, der Hausmeister. »Aber einen so großen Vogel, dass ich diese bekloppte Kanarienmeise der kleinen Marie klaue, habe ich dann doch nicht! – Oder glauben Sie, dass ich den Piepmatz an meine Katzen verfüttert habe?«

»Ich mag Tiere«, sagte Frau Polmann. »Das Gezwitscher von Hansi hat mich auch nie besonders gestört. Na, und in letzter Zeit hat es mich sogar getröstet, dass ich ihn bis hier oben hören konnte. Mein kleiner Goldhamster ist nämlich gestorben und deshalb bin ich ganz allein mit meinem Goldfisch, Herr Kommissar. Aber jetzt ist der Hansi wohl weggeflogen, sagen Sie?«

»Nein, nein«, berichtigte Kommissar Schlotterteich. »Ich glaube eher, dass Hansi gestohlen worden ist.« Frau Polmann erbleichte. »Gestohlen? Der Hansi? Aber von wem denn bloß?«

Knöllchen

Kommissar Schlotterteich war kein begeisterter Autofahrer.
»Stau, Stau, Stau. Es gibt hier einfach zu viele Autos!«, maulte er vor sich hin, als er mit seiner Frau und seinen beiden Kindern durch die Berge fuhr. »Und das soll Erholung sein? Für wen denn? Von der Luftverschmutzung mal ganz abgesehen.«
»Hör auf zu motzen!«, sagte Frau Schlotterteich.
»Fahr lieber schneller!«, rief seine Tochter.
»Mir wird schlecht«, sagte sein Sohn.
Aber da musste Schlotterteich sowieso gerade bremsen. Vor ihnen auf der Straße standen zwei Polizisten, die ihn an den Rand winkten.
»Womit kann ich dienen?«, fragte Schlotterteich.
Aber der Polizist wollte Schlotterteichs Hilfe gar nicht. Er wollte seine Papiere.
»Kein Problem«, sagte der Kommissar und händigte dem Beamten den Fahrzeugschein und seinen Führerschein aus.
»Herr Schlotterteich, Sie sind zu schnell gefahren«, sagte der eine Polizist.
Schlotterteich schüttelte den Kopf. »Ausgeschlossen. Ich fahre nie zu schnell.«

PIZZA
POZILEI

Aber die beiden Polizisten blieben dabei: »Sie sind unten in der Kurve zwanzig Stundenkilometer zu schnell gewesen. Unsere Kollegen haben uns alarmiert. Sie haben wohl das Tempo-30-Schild nicht gesehen, wie?«

Schlotterteich konnte es noch immer nicht ganz glauben. Aber natürlich war es möglich, dass er ein Verkehrsschild übersehen hatte – obwohl er normalerweise wirklich sehr aufmerksam und vorsichtig Auto fuhr.

»Das macht hundert Euro«, sagte der erste Polizist.

Schlotterteich schluckte. Und Schlotterteich guckte. Und dann dachte Schlotterteich, er habe sich verguckt. Aber er hatte sich nur verschluckt.

»Ich glaube nicht, dass ich ein Verkehrsschild übersehen habe. Ich glaube auch nicht, dass ich zu schnell gefahren bin.« Er legte den beiden Polizisten blitzschnell Handschellen an. »Ich glaube viel eher, dass ihr zwei Burschen überhaupt keine Kollegen von mir seid.«

Und er hielt den verdutzten Männern seine Polizeimarke unter die Nase.

Gräfin Palettis Juwelentäschchen

»Sehen Sie sich das an, Herr Kommissar!« Gräfin Paletti führte Schlotterteich durch dreiundzwanzig Hinterzimmer. »Sie können sich nicht vorstellen, Herr Kommissar, was das für ein Verlust für mich ist! Warum muss das ausgerechnet mir passieren? Seit zweihundertsiebenundfünfzig Jahren, drei Monaten und dreiundzwanzig Tagen ist so etwas in diesem Hause nicht mehr vorgekommen. Damals haben meine Ahnen noch selbst Hand angelegt, um die Ganoven zu überführen, aber heutzutage …«
Schlotterteich hatte Schwierigkeiten, der Dame zu folgen. Erstens redete sie unheimlich viel, zweitens unheimlich schnell und drittens unheimlich wirr, fand der Kommissar. Außerdem *ging* sie nicht durch ihre dreiundzwanzig Hinterzimmer – sie rannte.
»Halten Sie mal einen Moment die Luft an«, sagte Schlotterteich.
Gräfin Paletti blieb stehen und sah den Kommissar verwundert an. »Haben Sie etwas auf dem Herzen, Herr Schlotterteich? Sprechen Sie sich ruhig aus! Mein Ururgroßvater hatte auch etwas am Herzen. Da tat es ihm immer ganz gut, wenn er diese Veilchen-Pastillen seines Haus- und Hofarztes mit ei-

nem schönen Gläschen Rotwein gurgelte. Sollten Sie auch mal probieren. Ich kann Ihnen nachher das Rezept geben, wenn ich es nicht vergesse.« Sie holte ganz kurz Luft und fügte hinzu: »Heutzutage vergesse ich ja fast alles, wie meine eigene Großmutter. Die hat ja sogar einmal vergessen, dass sie …«
Schlotterteich hielt sich die Ohren zu und rief: »Es reicht, Frau Gräfin! Es reicht!« Und erst als er sah, dass sich der Mund der Gräfin wirklich nicht mehr bewegte, wagte er es, die Hände von den Ohren zu nehmen. »Bitte sagen Sie mir doch endlich, was eigentlich passiert ist.«

Gräfin Paletti klappte ihre Kinnlade herunter und wieder herauf und wieder herunter. »Ja, aber das versuche ich doch schon die ganze Zeit.«
Schlotterteich seufzte. »Dann versuchen Sie es eben noch einmal.«
Sie schritten langsam ins hinterste Hinterzimmer der Gräfin. »Mein Diamanten-Täschchen ist gestohlen worden.« Die Gräfin deutete auf eine Kommode. »Dahinten war es drin. Seit Jahr und Tag lag es in dieser Kommode. Und noch gestern Abend habe ich bei Tisch gesagt, dass ich es doch wieder häufiger tragen sollte.« Die Gräfin seufzte. »Und was habe ich

nun davon? Es ist mir gestohlen worden! Heute Morgen um neun Uhr war ich kurz hier und habe dem Zimmermädchen beim Saubermachen zugeschaut. Da lag das Täschchen noch an seinem Platz. Aber dann klingelte das Telefon, und als ich wieder ins hinterste Hinterzimmer kam, da war das Täschchen weg! Das Zimmermädchen übrigens auch. – So hart es ist, Herr Kommissar: Es muss einer meiner Bediensteten gewesen sein.«

Schlotterteich ließ alle Bediensteten der Gräfin kommen. Jedem stellte er dieselbe Frage: »Wo waren Sie heute Morgen zwischen neun Uhr und halb zehn?« Aber leider hatten alle eine mehr oder weniger gute Ausrede.

»Ich habe gekocht«, sagte der Koch.

»Ich war im Garten«, sagte der Gärtner.

»Ich war den ganzen Morgen nicht im Haus, sondern nur auf dem Dach«, sagte der Schornsteinfeger.

Nur das Zimmermädchen schwieg.

»Nun?«, fragte Schlotterteich und sah das Zimmermädchen streng an. »Wo waren Sie heute Morgen zwischen neun und halb zehn?«

Das Zimmermädchen schüttelte schüchtern den Kopf. »Das will ich lieber nicht sagen.«

»Also so was!«, rief Gräfin Paletti. »Dann war sie es! Das ist doch klar, Herr Kommissar.«

Aber Schlotterteich wiegte den Kopf hin und her. »Nein, Frau Gräfin, das finde ich nicht so klar.« Er sah das Zimmermädchen mit seinem strengsten Blick an.

Es seufzte. »Ich habe mich nach dem Putzen im Nebenzimmer ein bisschen hingelegt und geschlafen. Erst als die Gräfin geschrien hat, bin ich wieder aufgewacht.«

Wer war's?

Einbrecher bei Opa Neumann

»Ja, Schlotterteich, wo bleiben Sie denn?« Der alte Herr Neumann stand schon aufgeregt im Türrahmen, als Kommissar Schlotterteich die Treppe hinaufstieg.

»Immer mit der Ruhe, Herr Neumann«, sagte der Kommissar. »Es gibt nur ganz wenige Verbrecher, die mir bisher entwischt sind, obwohl ich langsamer gehe als andere. Was ist denn passiert?«

»Es war gestern Nacht. Mitternacht, um es genau zu sagen. Da höre ich so ein Kratzen an der Tür. Erst habe ich gedacht: Jetzt fängst du an zu spinnen. Aber das war kein Altersschwachsinn, da war wirklich ein Kratzen. Und dann hörte ich die Wohnungstür quietschen und Schritte im Flur und da habe ich Angst gekriegt und mich im Schrank versteckt.« Opa Neumann hielt den Atem an.

»Ja und, was haben die Einbrecher gemacht?«, fragte Schlotterteich.

»Erst haben sie im Wohnzimmer herumgestöbert. Aber da ist ja nichts zu holen, außer meiner Briefmarkensammlung. Dann sind sie hier ins Schlafzimmer gekommen.« Opa Neumanns Stimme stockte wieder. »Es ist unglaublich. Ich habe es

durchs Schlüsselloch genau gesehen: Die sind ganz zielstrebig zu meinem Bett gegangen, haben die Matratze hochgehoben und die Schmuckschatulle von meiner verstorbenen Frau Erna entdeckt. Und schwuppdiwupp waren sie wieder draußen.«
Schlotterteich klatschte in die Hände. »Aber wenn Sie die Diebe gesehen haben, dann können Sie mir die ja beschreiben, Herr Neumann!«
Aber Opa Neumann schüttelte den Kopf. »Bedaure sehr, Schlotterteich. Das kann ich leider nicht. Die haben so Strumpfmasken getragen wie im Fernsehen.«
Kommissar Schlotterteich dachte scharf nach. Dann kniff er die Augen zusammen und murmelte: »Macht nichts. So einfach lasse ich mich nicht austricksen. Noch nicht mal von Ihnen, Herr Neumann.«
»He, Schlotterteich, was fällt dir ein?«, rief Opa Neumann, als der Kommissar ihn verhaftete.
»Tja, das hätten Sie sich besser überlegen sollen. Einen Einbruch vortäuschen ist eine Sache. Aber einen Einbruch so vorzutäuschen, dass ich nicht dahinter komme, das ist eine ganz andere Sache. Ich bin sicher, dass der Schmuck Ihrer Frau gut versichert war.«
»Ja, zum Glück. Die Versicherung hab ich erst vor ein paar Wochen abgeschlossen«, sagte Opa Neumann.

Schlotterteich nickte. »Das dachte ich mir, aber Versicherungsbetrug ist nun mal auch Betrug.«
Wodurch hat sich Opa Neumann verraten?

Doktor Seipelt

Als Schlotterteich hörte, dass Doktor Seipelt die Flucht aus dem Gefängnis gelungen war, wusste er sofort, was zu tun war: Er steckte sich ein paar seiner schönsten Wildwiesenblümchen ins Knopfloch und machte sich auf die Suche. Schon dreimal war es dem Kommissar gelungen, den Gauner mit dem Blumentrick aufzuspüren: Denn Doktor Seipelt litt unter Heuschnupfen und hatte sich durch ein Niesen verraten, als Schlotterteich neben seinem Versteck stand.

Die erste Adresse, bei der Doktor Seipelt nach seinem Ausbruch auftauchen würde, war vermutlich seine Freundin: Eleonore Wiedenbrink. Die war zwar Krankenschwester von Beruf, aber ein Mittel gegen Seipelts Heuschnupfen hatte auch sie nicht auf Lager. Die Dame war dem Doktor so treu ergeben, dass der Kommissar schon die Handschellen gezückt hatte, als er bei ihr klingelte.

Eleonore Wiedenbrink tat ganz überrascht. »Sie sind doch der Polizist, der meinen Freund Seipelt ins Gefängnis gebracht hat, oder?«, fragte sie und dachte gar nicht daran, Schlotterteich hereinzubitten.

»Allerdings, der bin ich«, sagte der Kommissar.
Er zeigte seine Polizeimarke und den Durchsuchungsbeschluss vor und betrat die Wohnung von Frau Wiedenbrink.
»Ist er hier aufgetaucht?«
»So ein Unsinn!«, rief Frau Wiedenbrink. »Seipelt sitzt im Gefängnis. Das sollte niemand besser wissen als Sie, Herr, äh, wie war noch Ihr Name?«
»Schlotterteich«, sagte Schlotterteich.
»Schlotterteich, ich erinnere mich.« Frau Wiedenbrink musterte den Kommissar. »Sie sind anscheinend noch genauso verrückt wie damals, als sie Seipelt verhaftet haben. Glauben Sie denn im Ernst, dass er ausgerechnet im Frühsommer ausbrechen würde? Sie kennen doch seinen Heuschnupfen! Und vor dem ist er im Gefängnis am besten geschützt. – Grässliche Krankheit, im Sommer Schnupfen zu haben. Ich bin heilfroh, dass ich mich damit nicht abquälen muss.«
Aber Schlotterteich ließ sich nicht ablenken. »War er hier, ja oder nein?«
Frau Wiedenbrink verdrehte die Augen. »Ich sage doch, Herr Kommissar: In dieser Wohnung war in den letzten drei Wochen niemand außer mir und Ihnen. Sie sind aber erst in den letzten fünf Minuten hier erschienen. Und, ganz ehrlich, Herr Kommissar, mir wäre es lieber, wenn Sie sofort wieder verschwinden würden.«

Schlotterteich lachte. »Das könnte Ihnen und Seipelt so passen!«
Wie hat Schlotterteich herausgefunden, dass Doktor Seipelt doch bei seiner Freundin gewesen ist?

Die Klassenkasse

»Es ist zum Ausrasten!« Die Hobby-Detektivinnen Lena, Lili und Luise hatten ein echtes Problem: Die Klassenkasse war geklaut worden.
Schlotterteich untersuchte den Klassenschrank. Das Schloss war unbeschädigt. »Fingerabdrücke?«
Lena, Lili und Luise schüttelten die Köpfe.
»Keine Fingerabdrücke, und soweit wir sehen, gibt es auch keine Kratzspuren am Schloss. Das müsste aber erst mal ins Labor. Vermutlich war da jemand mit dem Schlüssel dran«, sagte Lena.
Schlotterteich nickte.
»Es muss zwischen 9.30 Uhr und 9.50 Uhr passiert sein«, sagte Lili. »Denn um 9.50 haben wir bemerkt, dass der Schrank offen steht und die Kasse fehlt. Also genau in der Zeit, in der wir große Pause haben.«
Schlotterteich kratzte sich am Hinterkopf. »Gut, dann habe ich im Moment nur noch eine Frage: Wer hat denn alles einen Schlüssel zum Schrank?«
Die drei Mädchen sahen sich an. »Tja, das sind der Klassensprecher, Till, dann unser Klassenlehrer, Herr Isernhagen, und der Hausmeister, Herr Krum.«

Schlotterteich rieb sich die Hände. »Na, dann mal her mit den drei Tatverdächtigen!«
So einen einfachen Fall hatte sich Schlotterteich schon lange gewünscht: Die drei Hobby-Detektivinnen hatten gut aufgepasst und die Vorarbeit bereits erledigt. Jetzt musste er nur noch den Fall aufklären – wunderbar! Aber leider hatten alle drei Tatverdächtige hervorragende Alibis:
»Ich war in einer Konferenz«, sagte Herr Isernhagen. »Dafür gibt es etwa fünfzig Zeugen.«
»Ich saß die ganze Zeit vor dem Fernseher und habe mit meiner Frau Tennis geguckt«, sagte Herr Krum.
»Und ich habe die ganze Pause gegen Carsten Basketball gespielt«, sagte Till. »2 zu 14 habe ich verloren.«
Schlotterteich seufzte und überprüfte die Alibis. Es war wie verhext: Alle Zeugen, die die Tatverdächtigen genannt hatten, bestätigten deren Aussagen.
»Also noch einmal von vorn«, sagte Lena und auch Lili und Luise ließen die Köpfe hängen.
»Nicht verzagen, liebe Kolleginnen«, sagte Schlotterteich. »Wisst ihr denn wirklich noch nicht, wer's war?«
Wer war's?

Die heiße Spur

Wenn Kommissar Schlotterteich an seinem Beruf eins hasste, dann waren das Nachtdienste: Er kam sich immer vor wie ein unglücklicher Siebenschläfer, wenn er zur nachtschlafenden Zeit hundemüde durch die Stadt taumelte und Verbrecher jagen musste. »Können die denn nicht tagsüber fliehen?«, fragte sich Schlotterteich. »Dann wird man auch schneller gefasst, kommt schneller ins Gefängnis und auch schneller wieder raus.«

Aber die meisten Verbrecher waren nun mal nicht so klug wie Kommissar Schlotterteich und trieben daher nach wie vor nachts ihr Unwesen. Zwei von ihnen wären dem Kommissar fast in die Arme gelaufen, als er zu einer Bank gerufen wurde.

»Die haben Scheckkarten gestohlen und damit die Konten der Kartenbesitzer geplündert!«, hatte der aufgebrachte Bankangestellte berichtet.

Aber die Diebe waren zu Fuß entwischt und Schlotterteich war einfach nicht schnell genug gewesen. Die beiden rannten in die Altstadt und flitzten um eine Ecke, aber als Schlotterteich um die Ecke bog, war dort nichts zu sehen außer einer einsamen Katze, die ihres Wegs miaute.

»Na toll«, murmelte Schlotterteich. »Könntest du mir bitte sagen, wo die Ganoven sind?«
Aber die Katze würdigte ihn keines Blickes und lief weiter. Schlotterteich wollte schon Verstärkung anfordern oder aufgeben, als er merkte, dass er das Haus kannte, vor dem er stand. Hier wohnte doch Leo Lühmann. Und der wurde nicht umsonst Leo Lümmel genannt! Das war einer der raffiniertesten Betrüger der Stadt. Es war nur zu ärgerlich, dass man ihm bisher nie etwas hatte nachweisen können.
»Das wäre doch gelacht«, murmelte Schlotterteich und klingelte bei Leo Lümmel Sturm.
»Was ist denn?«, fragte Leo und gähnte.
»Guten Abend, die Herrschaften«, sagte Schlotterteich, als er vor den Lühmanns stand. »Sie haben nicht zufällig gerade zusammen ein paar Scheckkarten geklaut und einige Tausend Euro abgehoben?«
»Was? Wir? So eine Frechheit! So eine Unverschämtheit! Was für eine bodenlose Unterstellung! Wissen Sie überhaupt, wie viel Uhr es ist?«, keifte Frau Lühmann in die Nacht.
Leo Lühmann gähnte wieder. »Pech für Sie, Herr Kommissar, wir waren es nicht. Sie sehen doch: Wir haben schon geschlafen. Und wissen Sie was? Das machen wir jetzt auch wieder.«
Aber Kommissar Schlotterteich schüttelte den Kopf. »O nein, o nein, das ganz bestimmt nicht.«

Und schneller, als Herr Lühmann und seine Frau fliehen konnten, ließ Schlotterteich seine Handschellen zuschnappen.

Schmuggler

»Das finde ich aber sehr nett von dir, dass du mich besuchen kommst, Schlotterteich!« Mathilda Matt schüttelte dem Kommissar die Hand.
»Ist doch logisch, Mathilda! Unter alten Kollegen!« Schlotterteich kannte Mathilda Matt schon ewig. Mit ihr hatte er früher geniale Pläne zur Verbrechensbekämpfung ausgeheckt. Leider hatten sich die meisten davon später doch als ziemlich unbrauchbar erwiesen.
»Schmuggler sind meine Leidenschaft«, gestand Mathilda dem Kommissar. »Es gab hier an der Grenze früher jede Menge Schmuggler: Rauschgift, Zigaretten, aber auch Wein, Schnaps und Bargeld wurden hier unerlaubt über die Grenze gebracht.« Mathilda Matt spazierte mit Schlotterteich am Grenzposten entlang. »Aber meine Leute und die Hunde sind inzwischen so gut, dass sich hier kein Schmuggler mehr blicken lässt«, sagte sie stolz. »Es hat sich anscheinend herumgesprochen, wie gut ich meine Truppe ausgebildet habe.« Sie lächelte.
Schlotterteich nickte anerkennend.
»Aber manche Schmuggler sind eben doch pfiffiger, als du und deine Leute glauben«, sagte Schlotter-

teich, holte seine Handschellen heraus und verhaftete einen Schmuggler.

»Was? – Wo? – Wie? – Wer?«, stammelte Mathilda. »Habe ich etwas übersehen?«

»Ich befürchte, ja«, murmelte Schlotterteich.

Was hat Mathilda übersehen?

Sommerdiebe

Endlich waren Sommerferien! Die ganze Stadt schwang sich in die Autos, Taxis, Züge und Flugzeuge.

»Zum Glück habe ich noch Dienst«, dachte Kommissar Schlotterteich, als er im Radio hörte, dass sich der Verkehr auf der Autobahn auf 177 Kilometern staute – in allen Richtungen.

Schlotterteich wollte sich gerade aus dem Büro in seinen Garten zurückziehen, weil in den Sommerferien sowieso wenig passierte, als er von zwei Kollegen in die Ostereierstraße gerufen wurde.

»Sieh dir das an, Schlotterteich«, sagten die Kollegen Ulrike und Uwe, die in ihrem klapprigen Streifenwagen durch die vornehme Straße gefahren waren. »Die Bewohner sind alle im Urlaub und inzwischen ist in jedes Haus eingebrochen worden.«

»Da haben sich zwei Schlitzohren zusammengetan und heute Morgen, direkt nachdem der Letzte abgereist war, zugeschlagen«, sagte Kollege Uwe. »Aber woher wussten die, dass die ganze Ostereierstraße gleichzeitig in den Urlaub fährt?«

»Das müssen die beobachtet haben«, meinte Ulrike.

Aber Schlotterteich hatte etwas ganz anderes ent-

deckt. »In Haus Nummer 14 ist nicht eingebrochen worden.«
Aber Ulrike und Uwe winkten müde ab. »Das wissen wir bereits. Der Besitzer dieses Hauses ist auch der Einzige, der nicht in den Urlaub gefahren ist. – Er ist gerade nach Hause gekommen, als die Einbrecher sich an seinem Haus zu schaffen machten, und hat den Einbruch so gerade noch verhindern können. Aber die Personenbeschreibungen von ihm sind eher dürftig.«
Schlotterteich ließ sich den Namen des Bewohners geben und pfiff durch die Zähne. »Der Wachtelmeier wohnt dort?« Er sah von Uwe zu Ulrike.
Die beiden Kollegen zuckten mit den Schultern und fragten: »Sollte uns der Name etwa etwas sagen?«
»O ja, das sollte er!« Schlotterteich marschierte schnurstracks zu dem besagten Haus. Hans Wachtelmeier war ein uralter Bekannter von ihm, den hatte er schon als Polizeischüler das erste Mal verhaftet. Eine ganze Straße auszuräubern, das sah dem Wachtelmeier ähnlich, der Typ neigte nämlich zum Größenwahn.
Als Schlotterteich bei Wachtelmeiers Haus auftauchte, stand der ehemalige Dieb schon in der Einfahrt vor seiner Garage.
»Na, Schlotterteich, immer im Dienst?«, fragte er.
»Allerdings, Wachtelmeier. Wollen Sie direkt ein

Geständnis ablegen? Dann müssen Sie diesmal nicht ganz so lang ins Gefängnis.« Aber Schlotterteich hatte sich in Wachtelmeier getäuscht.

»Ich habe mit den Einbrüchen nichts zu tun!« Wachtelmeier deutete wütend auf die beiden Polizisten, die Schlotterteich begleiteten. »Den beiden Pappnasen habe ich doch schon alles gesagt! Ich stand den ganzen Morgen im Stau auf der Autobahn. Dabei wollte ich eigentlich nur eben kurz zum Baumarkt fahren. Aber in allen Richtungen standen die Autos. Drei Stunden habe ich gebraucht, nur um in den Stau zu brausen und wieder nach Hause zu kommen. Und als ich in die Garage fuhr, habe ich diese Kerle im Garten gesehen: Der eine war groß, der andere eher klein. Aber die Gesichter konnte ich leider nicht erkennen, Herr Kommissar. Die beiden sind sofort abgehauen, als sie mich gehört haben.«

»So, so«, murmelte Schlotterteich. »Das wäre natürlich wirklich ein Alibi, wenn Sie jemand im Stau gesehen hätte.«

Wachtelmeier grinste überlegen. »Das ist kein Problem: Ich hatte ja meinen Neffen dabei. Der ist oben und kocht gerade. Er wird Ihnen alles bestätigen.«

Schlotterteich lächelte. »Genau so habe ich mir das gedacht, Wachtelmeier. Ihr Neffe ist garantiert Ihr Komplize gewesen, und das lässt sich anhand der Fingerabdrücke schnell beweisen.«

Und schneller, als der Einbrecher fliehen konnte, hatte Schlotterteich ihm Handschellen angelegt.
Warum?

Wilderer

»Es war gegen vier Uhr, als ich den Schuss gehört habe, Herr Schlotterteich.« Der Oberförster Huckentobler bot Schlotterteich einen Schnaps an, rieb sich die rote Nase und lehnte sich in seinem Oberförsterchefsessel im Forsthaus zurück. »Ich war die ganze Nacht auf den Beinen. Das zehrt an den Nerven, müssen Sie wissen. Diese Wilderer schießen mir den ganzen Bestand kurz und klein. Das ist schon das dritte Reh, das sie sich geholt haben.«
Schlotterteich dachte gar nicht daran, in dieser frühen Morgenstunde schon Alkohol zu trinken. Er betrachtete die Hirschgeweihe an der Wand und fragte sich, was am Jagen nur so toll sein sollte. Er hatte jedenfalls keine Lust, mitten in der Nacht hinter einem Reh oder Hirsch durch den Wald zu rennen.
»Ich weiß auch, wer es gewesen ist«, sagte der Oberförster gewitzt. »Ich kann es nicht beweisen, aber ich habe hier so ein Gefühl …« Herr Huckentobler deutete auf seine dicke rote Nase. »Und dieses Gefühl hat mich noch nie betrogen.« Er beugte sich über seinen Schreibtisch zu Schlotterteich hinüber und flüsterte: »Entweder war es die Bäckerin oder der Bürgermeister.«

»Gut, dann frage ich die doch mal«, sagte Schlotterteich. Das schien ja der leichteste Fall aller Zeiten zu werden.
Er marschierte durchs Städtchen zur Bäckerin und fragte sie, wo sie um vier Uhr gewesen sei.
»Ich hab's schon gehört: Ist wieder ein Reh geschossen worden. Aber ich war heute Morgen um vier hier in der Backstube und habe Brötchen gebacken«, sagte sie.
Auch der Bürgermeister wusste schon bestens Bescheid. »Ich habe früher mal gewildert, aber dafür habe ich meine Strafe bekommen. Die Sache ist für mich erledigt. Ich habe meine Waffen alle verkauft und schon seit einem Jahr keine Flinte mehr in der Hand gehabt.« Der Bürgermeister deutete auf den Berg aus Papieren auf seinem Schreibtisch. »Was glauben Sie, Herr Kommissar, wie viel Arbeit diese Bauanträge machen? Ich komme ja kaum noch zum Fußballspielen, ans Jagen ist da wirklich nicht zu denken!«
Als Schlotterteich wieder beim Oberförster im Oberforsthaus auftauchte, fragte Herr Huckentobler: »Und? Wer war's?«
Ja, wer?

Fahrraddiebe

»Immer nur verhaften, verhaften, verhaften! Mir reicht's«, murmelte der Kommissar und bestellte sich am Kiosk eine Tasse Kaffee.

»Ah, die Polizei persönlich!«, rief Frau Schubert, der der Kiosk gehörte. »Einmal mit Milch und doppelt Zucker?«

Schlotterteich nickte. »Wie immer, Frau Schubert.«

»Sind Sie etwa von der Polizei?«, fragte ihn ein Junge, der den Mund randvoll mit Bonbons hatte.
Schlotterteich nickte und Frau Schubert rief: »Das ist doch Kommissar Schlotterteich!« Sie stellte die dampfende Kaffeetasse vor Schlotterteichs Nase.
»Das trifft sich aber gut«, sagte der Junge. »Ich brauche nämlich einen Kommissar. Sind Sie auch wirklich einer?«
Schlotterteich seufzte, zeigte seine Polizeimarke vor und sagte: »Ich bin Kommissar Schlotterteich, wo brennt's denn, junger Mann?«

Der Junge schluckte die Bonbons runter und begann plötzlich zu schluchzen. »Es brennt nicht, aber mein ...« Eine Träne kullerte über seine Wange. »Mein Fahrrad war ganz neu. Ein schwarzes Mountainbike mit einer super Gangschaltung und superguten Bremsen.«
Schlotterteich verbrannte sich die Lippen am Kaffee und stellte die Tasse wieder ab. »Das muss ja eine tolle Maschine sein. Und was ist mit dem Fahrrad?«
Der Junge sah zu Boden. »Das ist mir gerade eben geklaut worden. Ich habe es nur kurz an den Zaun gekettet und mir am Kiosk die Bonbons gekauft.«
»Das kann ich bestätigen, Herr Kommissar«, sagte Frau Schubert. »Der Junge hat gerade eine Maxi-Tüte Süßzeug geholt. War alles mit drin: saure Drops, Cola-Fläschchen, Lakritzschnecken, weiße Mäuse ...«
»Und als ich mich wieder umgedreht habe, war mein Fahrrad weg«, sagte der Junge. »Aber in dem Moment sind Sie auch schon gekommen.«
Schlotterteich nahm noch einen Schluck Kaffee. »Hast du irgendjemanden gesehen?«, fragte er den Jungen, der ihm Leid tat. Ein geklautes Fahrrad, das war schwer wiederzufinden.
Aber der Junge schüttelte den Kopf. »Das ging alles zu schnell.«

Auch Frau Schubert zuckte mit den Schultern. »Bedaure sehr, Herr Kommissar, bis zum Zaun kann ich von hier aus nicht gucken. Aber der Dieb kann ja noch nicht weit sein, vielleicht kriegen Sie den ja noch.«

Schlotterteich nickte vor sich hin. »Ja, den könnte ich kriegen. Aber ich könnte auch in Ruhe meine Pause machen.«

Frau Schubert starrte den Kommissar an. »Aber Herr Schlotterteich, so kenne ich Sie ja gar nicht. Da ist ein Fahrrad geklaut worden und Sie jagen nicht sofort hinter dem Dieb her? Sind Sie krank?«

»Krank nicht gerade, aber irgendwie habe ich auf dieses Spielchen keine Lust«, antwortete Schlotterteich.

Warum sprintet Schlotterteich nicht hinter dem Fahrraddieb her?

Auf frischer Flucht ertappt

»Haltet die Diebin!« Schlotterteich rannte, keuchte und musste verschnaufen.
Eine unbezahlbar wertvolle Armbanduhr war gestohlen worden. Und Schlotterteich hatte die Diebin fast erwischt. Dummerweise war sie sportlicher als der Kommissar. Er hatte nur noch ihren Schatten weghuschen sehen. Aber auf seine feinen Ohren konnte sich der Kommissar verlassen: Es war eindeutig eine Frau in Stöckelschuhen gewesen, die da über das Pflaster der Altstadt geflüchtet war.
Schlotterteich horchte um die Ecke und hörte sie tatsächlich eine Treppe in den Park hinunterrennen.
»Also los, alter Hase«, sagte der Kommissar zu sich selbst und sprintete hinterher. Aber es war zum Verzweifeln: Kaum hatte er das Ende der Treppe erreicht, fehlte von der Frau jede Spur!
»Na warte, Madame!«, knurrte der erfahrene und erschöpfte Kommissar, holte seine Handschellen heraus und näherte sich unauffällig der Diebin.
Wo hat sie sich versteckt?

Zirkus im Zoo

»Nicht schon wieder«, murmelte Schlotterteich.
Doch alles Stöhnen half nichts. Innerhalb von einer Woche war bereits der dritte Safe geknackt worden.
»Aber der Täter hat einen Schlüssel gehabt!«, sagte der Zoodirektor. »Und zwar vermutlich meinen Schlüssel. Der liegt nämlich immer hier oben auf dem Bord, warten Sie, ich …« Der Zoodirektor tastete ein Bücherbord ab. Da oben lagen ein paar alte Pferdebücher und jede Menge Staub – aber kein Schlüssel und schon gar kein Safe-Schlüssel. »Das ist doch der Beweis!«, triumphierte der Zoodirektor. »Der Täter hat meinen Schlüssel genommen und damit den Safe aufgebrochen und ist dann mit der Beute getürmt.«
Der Kommissar seufzte. »Das ist auf jeden Fall der Beweis dafür, dass Sie extrem leichtsinnig mit Ihrem Safe-Schlüssel umgehen, Herr Direktor!«
Aber zum Glück war nicht nur der Zoodirektor leichtsinnig, sondern auch der Täter. Auf dem Bücherbord waren Fingerabdrücke. Und als Schlotterteich die mit denen der Angestellten des Zoos verglich, stand die Hauptverdächtige schnell fest: Es war Roswitha Rossgarten, eine Tierpflegerin.

»Nein, nein, nein«, rief Frau Rossgarten, als Schlotterteich sie in ihrem Büro im Terrarium befragte. »Ich habe nichts damit zu tun! Es stimmt, ich habe den Schlüssel an mich genommen. Ich wollte den Safe ausräumen. Das gebe ich zu. Aber ich war's trotzdem nicht, weil mein Hund dämlicherweise den Schlüssel verschluckt hat.«

Schlotterteich verdrehte die Augen. »Dann zeigen Sie mir doch mal den Hund, Frau Rossgarten.«

Aber da schossen Roswitha Rossgarten die Tränen in die Augen. »Das kann ich nicht, Herr Kommissar. Mein Hund ist heute Morgen von einem der Krokodile gefressen worden.«

»Wie bitte?«, rief der Zoodirektor, der Schlotterteich zum Büro im Terrarium begleitet hatte. »Wie konnte das passieren?«

Frau Rossgarten sah verlegen zu Boden. »Ich weiß, ich darf meinen Fiffi eigentlich nicht mit ins Terrarium nehmen, aber heute Morgen ist er nicht von meiner Seite gewichen und da habe ich ihn eben an die Leine gelegt und mitgenommen. Er war ganz friedlich. Und auch das Krokodil sah ganz friedlich aus. Aber als ich den Käfig geöffnet habe und mit dem Futtereimer kam, da ist es rausgeschnellt und hat meinen Hund mit einem Haps mitsamt Halsband und Leine gefressen. Ich konnte gerade noch loslassen, sonst hätte es auch meine Hand erwischt.«

»Also wird es wohl noch eine Weile dauern, bis der Safe-Schlüssel wieder auftaucht.« Der Zoodirektor hob mahnend den Zeigefinger. »Genau aus diesen Gründen will ich nicht, dass Tierpfleger mit ihren Hunden das Terrarium betreten, Frau Rossgarten!«
Schlotterteich kratzte sich nachdenklich am Hinterkopf. »Gibt es vielleicht noch einen Ersatzschlüssel, Herr Direktor?«
Der Zoodirektor schüttelte den Kopf. »Nein, nicht dass ich wüsste.« Er stutzte. »Doch, natürlich: Die Bank hat noch einen Schlüssel, falls ich mal verhindert bin. Aber glauben Sie, dass ein Bankangestellter einen Safe im Zoo ausraubt?«
»Möglich ist alles«, murmelte Schlotterteich und wollte schon zur Bank aufbrechen. Aber im letzten Moment überlegte er es sich doch noch anders.
Wen wird der Kommissar verhaften?

Peter Müller, Schwerverbrecher

Eine von Schlotterteichs Lieblingsbeschäftigungen war es, entlaufene Sträflinge wieder einzufangen. Da wusste er wenigstens, nach wem er suchte. Und normalerweise gab es auch ein Foto und eine Liste mit Verbrechen, die der oder die Gefangene begangen hatte. So gesehen freute sich der Kommissar fast, als er den Auftrag erhielt, einen Schwerverbrecher wieder einzufangen. Aber seine Freude löste sich in Luft auf, als er hörte, dass es Peter Müller war.

»*Der* Peter Müller?«, fragte Schlotterteich noch einmal nach.

»Allerdings – genau der.« Der Gefängnisdirektor Armin Armin legte die Stirn in tiefe Sorgenfalten, schwieg eine ganze Weile und sagte schließlich: »Ich kann ihnen drei Mann Verstärkung mitgeben, Schlotterteich. Mehr kann ich unmöglich entbehren.«

Aber Schlotterteich schüttelte den Kopf. »Behalten Sie Ihre Männer, Herr Armin. Die sollen lieber aufpassen, dass nicht noch mehr Gefangene entwischen.«

Einen Mann wie Peter Müller suchte er lieber allein.

Je mehr Polizisten unterwegs waren, desto besser versteckte sich Müller. Denn Müller hatte einen Riecher für Polizisten. Er schien sie zu wittern, wie andere Leute einen Sonntagsbraten. Und obendrein war Müller ein Meister darin, sich zu verstecken. Einmal hatten Kollegen ihn in einem Hotelzimmer verhaftet, das zuvor dreimal nach ihm durchsucht worden war.

»Müller tut immer das, womit man am wenigsten rechnet«, sagte der Gefängnisdirektor Armin Armin zum Abschied.

Das war für Schlotterteich zwar nichts Neues, aber trotzdem ein hilfreicher Hinweis.

»Der letzte Ort, an dem ich ihn vermuten würde, ist seine eigene Wohnung«, murmelte der Kommissar und machte sich auf den Weg.

Tatsächlich schien er nicht so falsch zu liegen. Als Schlotterteich die Wohnungstür aufgebrochen hatte, sah er eindeutig Spuren von Müller: Der Kühlschrank lief und war randvoll mit Zitronenlimonade. Das war Müllers Leib- und Magengetränk und das sichere Zeichen dafür, dass er noch vor kurzem hier gewesen war. Und als der Kommissar das Badezimmer betrat, sah er, dass die Spur extrem heiß war: In der Badewanne war sogar noch das Badewasser! Dummerweise hatte Müller anscheinend gerochen, dass Schlotterteich ihm auf den Fersen war, und auf sein Bad verzichtet.

»Ich kriege ihn trotzdem«, flüsterte Schlotterteich vor sich hin.
Und dann strahlte der Kommissar plötzlich übers ganze Gesicht und sagte: »Ich habe ihn ja schon!«

Besuch bei Frau Wurm

»Ich weiß überhaupt nicht, was Sie hier wollen, Herr Schlotterteich!« Die Rechtsanwältin Frau Wurm saß hinter ihrem Schreibtisch und schimpfte sich so richtig schön in Schwung. »Sie kommen hier einfach hereinspaziert, haben keinen Termin und glauben auch noch, dass ich Ihnen mit irgendetwas weiterhelfe? Wissen Sie, was Ihnen fehlt, Schlotterteich?«

Schlotterteich nickte: »Ein Assistent fehlt mir!«, sagte er. »Dann könnte ich nämlich doppelt so schnell arbeiten. Außerdem fehlt mir Peter Müller. Und der ist doch Ihr Mandant, oder?«

Peter Müller war Schlotterteich ganz in der Nähe der Anwältin entwischt, und als der Kommissar vorsichtshalber die Rechtsanwältin dieses Schwerverbrechers aufgesucht hatte, hatte er doch tatsächlich Stimmen gehört.

»Rücken Sie ihn schon raus, Frau Wurm!« Schlotterteich verschränkte die Arme hinter dem Rücken und lief im Büro der Anwältin auf und ab. »Ich habe Sie doch noch gerade mit ihm reden hören!«

»Unsinn! Hier ist niemand. Ich habe gerade telefoniert. Aber ich wüsste nicht, warum Sie berechtigt

sein sollten meine Telefonate zu belauschen! Herr Müller ist nicht hier, das sehen Sie ja. Und er war auch gerade nicht hier, denn sonst müsste er sich ja in Luft aufgelöst haben: Vor der Tür standen Sie und aus dem Fenster kann man hier nicht klettern.«
Schlotterteich trat ans Fenster und sah hinab. Vier Stockwerke ging es abwärts. Das war nur für einen sehr guten Kletterer zu meistern. Und dass Müller nicht schwindelfrei war, das wusste Schlotterteich vom Gefängnisdirektor: Der Ganove hatte einmal versucht über die Mauer des Gefängnisses auszubrechen, hatte aber auf halbem Weg Angst bekommen und war heilfroh gewesen, als ihn die Beamten zurück in seine Zelle gebracht hatten.
»Also dann, Herr Kommissar. Auf Wiedersehen!«, sagte die Anwältin.
Aber Schlotterteich schüttelte den Kopf. »Nicht so eilig, Frau Wurm. Ich gehe hier nur zusammen mit Peter Müller hinaus.«
Die Anwältin verdrehte die Augen. »Das gibt's doch nicht! Hier ist kein Peter Müller, Schlotterteich! Das sehen Sie doch!«
Der Kommissar schmunzelte, holte seine Handschellen heraus und murmelte: »Warten wir's ab.«

Der Kunstraub

»Sehen Sie hier, Herr, äh, wie war noch Ihr Name?« Die überaus hübsche Direktorin der Allgemeinen und Freien Kunsthalle, Frau Doktor Doktor Mutzelmann, sah hinauf zu Kommissar Schlotterteich, wartete die Antwort erst gar nicht ab und sagte: »Na, ist ja auch egal. Jedenfalls hing hier die ›Mama Luisa‹, eines der großartigsten Olivenölgemälde des

einundzwanzigsten Jahrhunderts.« Frau Doktor Doktor Mutzelmann traten Tränen in die hübschen Augen. »Mein absolutes Lieblingsbild!«

»Offensichtlich kannte sich der Dieb gut aus«, sagte Schlotterteich. »Immerhin hat er die Alarmanlage ausgetrickst.«

»Nicht ganz. Als er mit dem Bild verschwinden wollte, hat er den Alarm ausgelöst. Aber als die Wächter kamen, haben sie nur noch sein Auto wegfahren hören. Wir haben hier nichts verändert, bis die Spurensicherung kam.« Frau Doktor Doktor Mutzelmann lächelte Schlotterteich so hinreißend

an, dass der Kommissar fast ein bisschen rot um die Nasenspitze wurde. »Sie finden den Dieb doch, oder, Herr Dingsbums?«

»Selbstverständlich!«, versprach Schlotterteich großspurig. Zum Glück hatte der Täter einige Spuren hinterlassen.

Und als Schlotterteich am Nachmittag die üblichen Verdächtigen verhörte, konnte er tatsächlich einen Volltreffer landen.

Wer war's?

Die Mordprobe

Schlotterteich saß gern in der Oper. Am liebsten besuchte er Generalproben, denn da war der Eintritt frei und die Ränge waren noch leer.
Aber als der Kommissar mit seiner Frau in einer Generalprobe saß, die der neue, berühmte Dirigent Hugo von Hasenfuß leitete, schoss plötzlich ein Pfeil dem Dirigenten den Taktstock aus der Hand.
»Hilfe! Polizei! Polizei! Jemand trachtet mir nach meinem Leben!«, rief der Dirigent.
»Bin schon da!« Schlotterteich sprang aus seinem Sessel auf, rannte zum Orchestergraben und zeigte seine Polizeimarke vor. »Ich bin Kommissar Schlotterteich. Keiner verlässt den Saal! Von wo kam der Pfeil, Herr Hasenfuß?«
»*Von* Hasenfuß, wenn ich bitten darf!« Der Dirigent sah feindselig ins Orchester. »Er kam hier irgendwo aus dem Orchester oder von der Bühne, ich weiß es nicht genau.«
Während Schlotterteich die anderen Zuhörer schon einmal nach Hause schickte und den durchschossenen Taktstock und den Pfeil sicherstellte, schimpfte Hugo von Hasenfuß auf das Orchester ein: »Das ist der Gipfel der Unverschämtheit! Das ist nicht nur

ein Anschlag auf meine Person, sondern auch auf mich als Künstler! Erst spielen Sie keine einzige Note wirklich richtig und nun auch noch das. Aber ich werde mich von diesem Dirigentenpult nicht vertreiben lassen! Ich werde den Schuldigen finden und einsperren lassen! Sie sollten sich schämen, meine Damen und Herren!«

»Was ist denn los?«, schaltete sich Schlotterteich ein. »Hatten Sie etwa Streit mit dem Orchester?«

Die Erste Geige erhob sich. »Allerdings, Herr Kommissar. Hasenfuß ist die nackte Katastrophe für dieses Orchester. Sie sollten ihn wegen Unfähigkeit verhaften.«

Hugo von Hasenfuß wurde knallrot vor Wut und schrie: »Sie sind so gut wie gefeuert, Frau, äh, Frau Erste Geige! Außerdem heiße ich *von* Hasenfuß!«

Aber die Erste Geige verschränkte die Arme vor der Brust und fügte hinzu: »Da sehen Sie es, Herr Kommissar: Ein Dirigent, der noch nicht mal den Namen der Konzertmeisterin kennt, der kann doch gar nichts taugen.«

»Ich bin ein Star!«, rief Hugo von Hasenfuß. »Es ist eine Ehre für dieses Orchester, dass ich mich überhaupt mit ihm abgebe!«

»Sie sind kein Star, Sie sind ein Starrkopf!«, rief der Solocellist.

»Ruhe!«, brüllte Kommissar Schlotterteich. »Ihr

Streit interessiert mich nicht. Ich will nur wissen, wer auf den Dirigenten geschossen hat.«

Aber die Musikerinnen und Musiker schwiegen eisern.

»Na gut«, sagte Kommissar Schlotterteich. »Ich finde es auch so heraus. Aber Täter, die sich freiwillig stellen, werden vor Gericht meistens milder behandelt!«

Und als sich niemand rührte, holte Schlotterteich seine Handschellen heraus.

Wer wird verhaftet?

Tante gegen Tante

»Das stimmt überhaupt nicht! Glaub ihr kein Wort, Peterle! Kein einziges Wort! Kein Sterbenswörtchen stimmt!«, keifte Tante Sophie und warf wütende Blicke auf ihre Schwester Marie.
»Sie lügt wie gedruckt! Ach, was sag ich denn da! Sie lügt wie gespuckt, wie ausgespuckt!«, schrie Tante Marie.
Schlotterteich verstand nur Bahnhof. Da saß er nun zwischen seinen beiden Tanten, die sich nie und nimmer einig werden würden. Wenn er nichts unternahm, konnte das noch tagelang so weitergehen.
»Würdet ihr mir kurz ...«, versuchte er anzusetzen, aber die beiden hörten nicht auf ihren Neffen.
»Du klapprige Lügenziege!«, rief Tante Marie.
»Ach du, du alte Diebin!«, rief Tante Sophie. »Bestohlen hat sie mich! So ist das nämlich! Dieses elende Knochengerüst!«
Schlotterteich stand auf. Jetzt reichte es ihm endgültig: »Haltet die Klappen! Alle beide!«
Da waren die Tanten stumm und starrten ihren Neffen verwundert an. Schlotterteich atmete einmal tief durch und sagte: »So, und nun erzählt ihr mir nacheinander, was passiert ist! Und zwar in aller Ruhe!«

»Aber das erzähle ich dir doch die ganze Zeit«, plapperte Tante Sophie los. »Marie hat mich bestohlen. Die ganzen Kekse hat sie weggefressen, die alte Schachtel!«

»Kein Wort stimmt davon!«, rief Tante Marie. »Und die alte Schachtel nimmst du zurück!«

»Ich habe sie auf frischer Tat ertappt, heute Nacht!«, sagte Tante Sophie. »Da war so ein verdächtiges Rumpeln auf dem Speicher. Ich bin raus, stell dir das mal vor, Peterle, mitten in der Nacht! Ich schaltete das Licht auf dem Speicher ein, und wen sehe ich da mit *meiner* Keksdose in der Hand und den Krümeln überall? Niemand anders als deine Tante Marie!«

»Lüge, Lüge, alles Lüge! Glaub ihr kein Wort, Peterle!« Tante Marie schossen vor Zorn die Tränen in die Augen. »Sie hat ihre Kekse selbst aufgegessen! Und jetzt soll ich es gewesen sein! Es war genau umgekehrt! Ich habe Sophie gehört heute Nacht. Ich konnte nämlich nicht schlafen und habe mir den Vollmond angesehen. Und was höre ich da? Jemand räumt auf dem Speicher herum und das Bett von Sophie war leer.«

Schlotterteich schwieg lange.

»Also, dass ihr wegen ein paar Keksen gleich so einen Streit anfangen müsst, finde ich ziemlich albern«, sagte er schließlich. »Aber ich finde, dass sich die Keksesserin bei ihrer Schwester entschul-

digen sollte. Und dann Schwamm drüber. Einverstanden?«
Wer muss sich entschuldigen?

Der bestohlene Dichter

»Nein, nein, nein, das darf nicht wahr sein, das ist ein böser Zauber, das ist das Ende!« Harald Töpfer, der erfolgreichste Schriftsteller aller Zeiten, stand kurz vor einem Nervenzusammenbruch.
»Was ist denn passiert?«, fragte Kommissar Schlotterteich, der in diesem dringenden Fall gerufen worden war.
»Ach, Herr Kommissar, die Welt ist schlecht. Ich weiß nicht, wer es war. Ich weiß nicht, wer so etwas tut. Ich weiß, dass mir Kollegen meinen Erfolg neiden. Aber so etwas, das ist doch wirklich mehr als eine Unverschämtheit, es ist …« Harald Töpfer, der großartige Wort- und Formulierungskünstler, rang nach Worten und Formulierungen. »Es ist unfassbar.« Er nahm die Dichterbrille von der Nase, sah Schlotterteich an und fragte: »Wie würden Sie es ausdrücken?«
Der Kommissar runzelte die Stirn. »Wenn ich nichts verpasst habe, dann haben Sie mir noch gar nicht gesagt, was passiert ist, Herr Töpfer.«
Der Erfolgsschriftsteller setzte seine Brille wieder auf. »Oh, habe ich nicht? Die Festplatte meines Computers ist gestohlen worden. Soeben. Und der

Dieb ist auch noch mit meinem Auto abgehauen! Aber das Auto kann er von mir aus behalten, wenn er mir nur die Festplatte zurückgibt. Da sind nämlich die nächsten dreiundzwanzig Erfolgsromane und die fünfzehn besten Drehbücher, die ich je geschrieben habe, gespeichert; außerdem acht Dramen, vierhundert Kurzgeschichten und meine zwei Gedichte. Können Sie sich vorstellen, was das für mich bedeutet, Herr Kommissar? Das ist das Ende, der Ruin! Das muss ein böser Zauber sein!«

Schlotterteich hatte genug gehört: Er rannte zu seinem Dienstwagen, forderte Verstärkung an und schaltete auch alle Taxifahrer ein, um den gestohlenen Wagen von Harald Töpfer zu finden. Das war nicht schwer: Schließlich gab es in der ganzen Stadt nur einen einzigen knallroten Rolls-Royce. Und tatsächlich knackte es schon fünf Minuten später in Schlotterteichs Funkgerät.

»Hallo, Schlotterteich, hier ist der Taxi-Hubert. Ich habe den knallroten Rolls-Royce gerade vor mir. Der fährt raus, Richtung Stadion, zum Endspiel.«

»Hubert, du hast was gut bei mir!«, sagte der Kommissar ins Funkgerät, schaltete das Blaulicht ein und raste mit heulender Sirene zum Stadion.

Tatsächlich sah er den Verdächtigen gerade aus dem Rolls-Royce steigen, als er am Stadion ankam. Dummerweise hatte der Dieb auch Schlotterteich bemerkt: Er rannte ins Stadion!

Schlotterteich ließ seinen Wagen stehen und sprintete hinterher.
»O nein«, murmelte der Kommissar, als er die Tribüne des Stadions erreichte. Wie sollte er den Dieb in diesem Gewimmel finden?
Aber dann sah sich der Kommissar geduldig um, holte ein paar Handschellen heraus und machte sich zur Verhaftung bereit.

Schlotterteichs letzter Fall

Schlotterteich war hundemüde, als er nach Hause kam. Er drehte noch eine kurze Runde durch den Garten, um zu sehen, ob das Unkraut auch blühte, goss seine Löwenzahnzucht, pflückte drei Blätter von diesem herrlichen Gewächs ab und fütterte damit das Kaninchen ›Hoppelchen‹. Dann schloss er die Haustür auf, zog seine Schuhe aus, wollte in die Hausschuhe schlüpfen und ärgerte sich.
»Wo ist mein linker Pantoffel?«, rief er wütend.
Aber statt einer gescheiten Antwort hörte er nur ein Gemurmel aus dem Wohnzimmer.
»Sag doch erst mal Guten Abend, wenn du nach Hause kommst«, rief seine Frau.
»Hallo, Paps«, sagte sein Sohn.
»Na, hast du alles verhaftet, was nicht niet- und nagelfest ist?«, fragte seine Tochter.
Aber Schlotterteich ließ sich nicht ablenken.
»Keine Tricks, ihr drei!«, sagte er. »Wer hat meinen Pantoffel geklaut?«
»Ich war den ganzen Tag draußen beim Fußball«, sagte Schlotterteichs Sohn. »Ich bin selbst erst vor fünf Minuten gekommen, da lag nur ein Hausschuh von dir im Flur.«

»Ich hab sowie eine ganz andere Schuhgröße als du«, sagte seine Tochter. »Was soll ich mit deinen Pantoffeln?«
Und seine Frau schüttelte nur den Kopf und murmelte: »Schlotterteich, Schlotterteich, du musst dein Zeug eben besser aufräumen.«
Aber Kommissar Schlotterteich entging mal wieder nichts – auch nicht der Pantoffel-Dieb.
Wer war's?

Lösungen

Seite 147
Geisterfahrer

Der Weg zum Safe, in dem die Einnahmen lagerten, führt durch eine Pfütze, so dass der Täter auf dem Boden vor dem Safe Fußspuren hinterlassen hat. Da dort nur ein Fuß- und ein Holzstock-Abdruck zu sehen sind, ist für den Kommissar sofort klar: Der Pirat mit dem Holzbein war am Safe, obwohl er ausgesagt hatte nicht dort gewesen zu sein.

Seite 151
Jagd auf Harry Lunke

Harry Lunke, der gesuchte Mann mit den drei Haaren auf dem Kopf, steht ganz rechts im Bild vor dem Fahrplan.

Seite 155
Im Hotel „Zur Verrosteten Gürtelschnalle“

Im Wandschrank links hinter Schlotterteich hängt an einem Kleiderbügel noch eine schwarze Krawatte von Herbert. Er muss also hier gewesen sein!

Seite 158
Der Dackel-Verdacht

Der Hund war's wirklich nicht: Der Bissabdruck im Bein passt genau zum Gebiss des Zeugen Boris (dem ein Schneidezahn fehlt): Der angebliche Zeuge hat seinen Freund ins Bein gebissen, um Schmerzensgeld von Frau Meier-Meyer zu ergaunern.

Seite 161
Sabotage in der Boxengasse

Der Chefmechaniker lügt: Links unter der Werkbank ist ein Aschenbecher versteckt. Es ist also keine Nichtraucherwerkstatt!

Seite 164
Der geklaute Hit

Auf dem Boden liegt ein Wecker, der während des Kampfes zwischen Besenbind und dem Täter kaputtgegangen ist. Daher kann Schlotterteich die genaue Tatzeit bestimmen: Es war 00:20. Für diese Zeit hat Harvey kein Alibi: Er hat Kitty ins Taxi gesetzt und ist dann angeblich ins Bett gegangen. Aber dafür gibt es keine Zeugen!

Seite 168
Die Kirche von Ödhausen

Der Dieb hat sich in der hintersten Kirchenglocke versteckt: Die Füße gucken anstelle eines Klöppels aus der Glocke heraus.

Seite 172
Gefährliche Schifffahrt

Kotzebue kocht gerade eine Champignonsauce. Aber unter die Champignons (rechts vorne) hat er einen Fliegenpilz gemischt!

Seite 175
Blinde Passagiere

Die Band ist falsch: Der Schlagzeuger hat einen Schneebesen anstelle eines Stocks in der Hand, der Gitarrist spielt mit einem Kamm und der Geiger hat einen Besen anstelle eines Bogens. Außerdem hält er die Geige falsch herum. Die Bandmitglieder sind also die Kojoten.

Seite 179
Die Entführung

Romeo lügt! An der Weinflasche, die er aus dem Wasser gefischt haben will, klebt noch das Etikett. Das wäre aber abgegangen, wenn die Flasche wirklich im Wasser gewesen wäre.

Seite 182
Hansi ist weg!

Der Wellensittich sitzt bei Frau Polmann im Hamsterkäfig (hinter dem Goldfisch auf der Kommode rechts)! Sie hat ihn gestohlen!

Seite 186
Knöllchen

Auf dem Auto steht nicht ›Polizei‹, sondern ›Pozilei‹.

Seite 189
Gräfin Palettis Juwelentäschchen

Der Schornsteinfeger hat gelogen. Er hat den Raum angeblich nicht betreten. Aber das Ende einer Strickleiter, das aus dem offenen Kamin ragt, und ein schwarzer Handabdruck links an der Kommode beweisen: Er ist durch den Schornstein gekommen und hat das Juwelentäschchen geklaut.

Seite 194
Einbrecher bei Opa Neumann

Opa Neumann hat sich angeblich im Schrank versteckt und die Verbrecher durchs Schlüsselloch beobachtet. Aber der Schrank hat gar kein Schlüsselloch!

Seite 198

Doktor Seipelt

Die Blumenvasen und Blumentöpfe, die auf der inneren Fensterbank standen, sind vor dem Fenster auf der äußeren Fensterbank abgestellt. Aber Frau Wiedenbrink hat gesagt, dass sie selbst keinen Heuschnupfen hat und auch keinen Besuch hatte. Warum stehen die Blumenvasen dann nicht drinnen? Außerdem liegen jede Menge benutzte Papiertaschentücher auf dem Tisch.

Seite 202

Die Klassenkasse

Till war's! Er hat ausgesagt, dass er gegen Carsten im Basketball verloren hat. Aber am Basketballbrett (hinten links im Bild) fehlt der Korb. Till hat gelogen!

Seite 205

Die heiße Spur

Lümmel lügt. Er hat nicht geschlafen, sondern seinen Schlafanzug schnell über seine Kleider gezogen: Unten ragt ein normales kariertes Hosenbein hervor!

Seite 209
Schmuggler

Der Clown ist ein Schmuggler: Er hat die Weinflaschen in seinem Leierkasten versteckt.

Seite 212
Sommerdiebe

Wachtelmeier lügt: Zwischen seinem Auto (an der Stoßstange und am Rücklicht rechts im Bild) und dem alten Gerümpel in seiner Garage kleben Spinnweben. Herr Wachtelmeier ist in den letzten Wochen nirgendwohin gefahren!

Seite 217
Wilderer

Der Bürgermeister ist der Wilderer. Aus dem Schirmständer ragt eine Flinte, obwohl er ausgesagt hat, dass er keine Waffen mehr besitzt.

Seite 220
Fahrraddiebe

Das Fahrrad ist gar nicht gestohlen worden, denn das, von dem der Junge erzählt, gibt es gar nicht. Der Zaun, an den es angeblich gelehnt war, ist gerade frisch gestrichen worden. Wenn da vor kurzem noch ein Fahrrad gestanden hätte, müsste man Spuren davon sehen können. Der Junge hat sich das nur ausgedacht, um von Schlotterteich vielleicht ein neues Fahrrad zu kriegen.

Seite 224

Auf frischer Flucht ertappt

Unter dem linken Clownskostüm gucken die Stöckelschuhe hervor: Die Täterin hat sich einfach ein Kostüm übergeworfen!

Seite 226

Zirkus im Zoo

Die Tierwärterin lügt! Sie hat gesagt, dass das Krokodil ihren Hund mitsamt der Leine gefressen habe. Aber: Die Hundeleine hängt noch samt Halsband an der Wand, rechts hinten neben der Tür.

Seite 230

Peter Müller, Schwerverbrecher

Müller hat nicht auf sein Bad verzichtet. Er hat sich in der Badewanne versteckt: Aus dem Badeschaum ragt sein Schnorchel!

Seite 234

Besuch bei Frau Wurm

Das rechte Bücherregal hinter Frau Wurms Schreibtisch ist eine versteckte Tür: Es hat Scharniere und eine Türklinke.

Seite 237

Der Kunstraub

Am Tatort hat die Polizei einen Handschuh sichergestellt (Nummer 1 im ersten Bild). Der fehlt dem dritten Mann von rechts an seiner rechten Hand.

Seite 240

Die Mordprobe

Die Harfenistin war's: Neben ihrem Instrument ragt ein Köcher mit Pfeilen ins Bild (links hinten).

Seite 244

Tante gegen Tante

Tante Sophie hat gelogen: Die Lampe auf dem Speicher hat keine Birne. Sie hat aber ausgesagt, dass sie das Licht eingeschaltet habe.

Seite 248

Der bestohlene Dichter

Der Gesuchte hat sich unter die Spieler gemischt. Er stürmt als Rechtsaußen mit auf das Tor zu, trägt aber kein Trikot, sondern seinen Straßenanzug.

Seite 252

Schlotterteichs letzter Fall

Die Katze war's! Sie hockt unter dem Tisch und schmust mit dem schlotterteichschen Hausschuh (rechts unten, neben Schlotterteichs Tochter).

Garantiert spannend wird es auch mit Amanda X, der neuen und etwas seltsamen Haushälterin von Kommissar Kaminski und seiner Tochter Ricki.
Es folgt eine Leseprobe aus »Amanda X – Amanda und die Detektive« von Joachim Friedrich.

Als ich nach Hause kam, machte ich erst mal einen Rundgang durch unsere Wohnung, die für mich immer noch den Reiz des Neuen hatte. Es war eine Dienstwohnung der Polizei. Eigentlich gefiel sie mir sehr gut, zumindest besser als unsere alte Wohnung. Ich hatte ein schönes großes Zimmer, von dem aus ich in einen kleinen Park sehen konnte. Doch seitdem wir eingezogen waren, war sie noch nie richtig aufgeräumt worden. Mittlerweile sah es dort aus wie auf einem Schlachtfeld. Wenn wir nicht bald eine Haushälterin bekamen, würden wir im Dreck ersticken. Papa hatte zwar gesagt, er wolle mal bei den Kollegen fragen, ob sie jemanden wüssten, aber wenn es stimmte, was Papa mir über sie erzählt hatte, würde das wohl nicht viel bringen.

Ich musste die Sache selbst in die Hand nehmen. Ich holte die Briefe, die wir auf die Anzeigen hin bekommen hatten, noch einmal vor und breitete sie auf dem Küchentisch aus. Vielleicht hatten wir ja beim Sichten einen übersehen.

Das Ergebnis war enttäuschend. Bis auf eine Ausnahme hatten wir mit allen gesprochen oder sie sogar zu uns eingeladen. Nur eine gewisse Else Schmitz hatten wir noch nicht kennen gelernt. Papa hatte ihren Brief gleich beiseite gelegt. Sie war die Einzige, die weder ein Foto noch Zeugnisse noch sonst irgendwelche Unterlagen mitgeschickt hatte. Sie hatte uns einen handschriftlichen Brief geschrieben.

Als ich ihn noch einmal las, fiel mir wieder ein, warum Papa sie nicht angerufen hatte.

Lieber Zeitungsanzeigenaufgeber!
Ich habe zwar noch nie als Haushälterin gearbeitet, aber es würde mir sicher viel Spaß machen. Rufen Sie mich doch einmal an.
Herzliche Grüße
Else Schmitz

»Eine Anfängerin können wir nicht brauchen«, hatte Papa gesagt. Damit war die Sache für ihn erledigt gewesen. Doch nun war sie als Einzige übrig geblieben.

Was hatten wir zu verlieren? Ich ging zum Telefon und wählte die Nummer, die auf dem Briefkopf stand. Schon nach dem zweiten Läuten hob jemand ab.

»Ja, bitte? Hier spricht Amanda X.«

»Guten Tag. Ich heiße Ricarda Kaminski. Kann ich bei Ihnen Else Schmitz erreichen?«

»Es geht wohl um die Stelle als Haushälterin.«

»Ja«, rief ich. »Woher wissen Sie das?«

»Ich habe den Anruf schon erwartet. Ich bin Else Schmitz. Amanda X ist mein Künstlername.«

»Aha. Sind Sie denn noch an der Stelle interessiert?«

»Aber sicher!«, lachte Amanda X. »Sonst hätte ich doch schließlich den Anruf nicht erwartet.«

»Wann könnten Sie denn einmal zu uns kommen?«

»Wenn ich ehrlich bin, wäre es mir lieber, ihr würdet mich besuchen.«

Ich dachte, ich höre nicht richtig. »Wollen Sie denn gar nicht sehen, wo Sie arbeiten sollen?«

»Nein«, sagte Amanda X, ohne zu zögern. »Ich denke, es ist wichtiger für euch zu sehen, wie ich wohne. Nur so könnt ihr doch beurteilen, ob ich einen Haushalt in Ordnung halten kann oder nicht. Eure Wohnung kann ich mir immer noch ansehen. Die wird nicht anders sein als andere Wohnungen auch.«

Das war irgendwie logisch, fand ich. »Wo wohnen Sie denn?«

»Latschenkiefernweg 13. Das ist ein ehemaliges Fabrikgebäude. Es ist nicht zu verfehlen.«

Es dauerte eine Weile, bis ich Papa, als er am Nachmittag nach Hause kam, davon überzeugt hatte, Amanda X in ihrer Wohnung zu besuchen. Das sei das Verrückteste, was er jemals gehört hätte, meinte er. Aber da ich Übung darin habe, Papa zu überzeugen, schaffte ich es schließlich.

Der Latschenkiefernweg war nicht so leicht zu finden, wie Amanda X es gesagt hatte. Doch wahrscheinlich lag es nur daran, dass Papa und ich uns noch nicht so gut in der Stadt auskannten. Mit einem Stadtplan und nachdem wir einige Passanten gefragt hatten, standen wir schließlich vor dem Eingang zu Amandas Wohnhaus.

Wenn sie mir nicht gesagt hätte, dass es einmal ein Fabrikgebäude gewesen war, hätte ich es für ein normales Wohnhaus gehalten, nicht besonders schön, aber auch nicht so vergammelt, wie ich mir Fabrikgebäude vorstellte.

Die Eingangstür, die in ein breites Treppenhaus führte, stand weit offen. Ich wollte schon hineingehen, da hielt mich Papa zurück.

»Da! Guck dir an, was da steht!«, rief Papa und zeigte mit ausgestrecktem Arm auf ein Schild neben der Eingangstür.

Amanda X

HELLSEHERIN, MEDIUM
und GEISTERBESCHWÖRERIN
– *Welcher Spuk dich auch betört,*
Amanda hat ihn schon beschwört –
Sprechstunde nach Vereinbarung

»Ich will eine Haushälterin!«, rief Papa »Und keine bekloppte Alte, die Nadeln in Voodoo-Püppchen pikst!«

»Warum soll sie denn alt sein?«, entgegnete ich. »Und von Voodoo steht da auch nichts. Außerdem will ich sie mir unbedingt ansehen. Das können wir uns doch nicht entgehen lassen, selbst wenn wir sie nicht als Haushälterin einstellen.«

Papa wiegte den Kopf hin und her. »Na ja, meinetwegen. Ein bisschen neugierig bin ich ja auch.«

Der Hausflur hätte einen neuen Anstrich gebrauchen können, aber sonst sah er recht ordentlich aus. Zumindest hingen keine Totenschädel von der Decke, wie Papa es wahrscheinlich vermutet hatte. Im ersten und im zweiten Stock führte jeweils eine Tür ins Innere des Gebäudes. Sie waren beide abgeschlossen. Auch gab es weder eine Klingel noch sonst einen Hinweis auf einen Bewohner. Zwischen der zweiten und dritten Etage kam uns ein Mann entgegen.

»Guten Tag«, sagte ich brav.

»Tirili, tirili«, antwortete der Mann und ging fröhlich pfeifend und zwitschernd weiter, während Papa und ich ihm fassungslos hinterhersahen.

»Wahrscheinlich hat sie den schon gepikst«, sagte Papa leise. »Hoffentlich hüpfen wir nicht gleich als Frösche die Treppe hinunter.«

Endlich standen wir im vierten und letzten Stock vor einer Tür, an der das gleiche Schild prangte wie am Hauseingang. Ich sah Papa an der Nasenspitze an, dass er am liebsten wieder kehrtgemacht hätte.

Ich klopfte erst vorsichtig, dann etwas heftiger, als niemand antwortete.

»Die Tür ist offen!«, hörte ich schließlich die Stimme einer Frau. »Immer herein, wenn es nicht das Finanzamt ist!«

Papa öffnete vorsichtig die Tür und wir lugten um die Ecke. Das Erste, was wir sahen, war ein Schaf. Nicht etwa ein Spielzeug, ein Plüschtier oder etwas Ähnliches, sondern ein ausgewachsenes lebendiges Schaf! Es trug eine Sonnenbrille.

Mit einem leisen Aufschrei zog Papa die Tür wieder zu und lehnte sich an die Wand. Er war kreidebleich.

»Du wirst dich doch nicht vor einem Schaf fürchten!«, raunte ich ihm zu. »Wenn Schimanski sich so anstellen würde, wäre ihm noch nicht einmal ein Taschendieb ins Netz gegangen.«

Papa sah mich an. Für einen kleinen Augenblick blitzte väterlicher Ärger in seinen Augen auf. Doch dann öffnete er die Tür erneut. Der Vorwurf ging gegen seine Ehre.

»Hallo!«, rief die Stimme wieder. »Ich habe doch gesagt, dass die Tür offen ist!«

Das Schaf stand unbeweglich da und sah uns an – soweit ich es trotz Sonnenbrille beurteilen konnte. Es schien weniger Angst zu haben als wir, zumindest als Papa.

»Du Idiot!«, sagte Papa zu sich selbst. »Hast Angst vor einem Schaf! Es gibt nichts Harmloseres als ein Schaf.«

Das immer wieder beschwörend vor sich hin murmelnd, ging er sehr vorsichtig Schritt für Schritt weiter in die Wohnung hinein. Mit dem Rücken an der Wand drückte er sich an dem Schaf mit der Sonnenbrille vorbei. Ich folgte ihm. Es schien uns überhaupt nicht zu beachten.

Währenddessen hatte ich Zeit mich etwas genauer umzusehen. Wir waren in einer Diele, in der man bei schlechtem Wetter gut und gerne Inlineskates fahren konnte. Von dort aus führten mindestens doppelt so viele Türen in andere Zimmer wie in unserer Wohnung.

Aus welchem der Zimmer mochte wohl die Stimme gekommen sein? Es war gespenstisch still. Papa und ich schlichen von Tür zu Tür und sahen in jeden Raum. Obwohl ich nicht viel davon verstand, sah ich gleich, dass die Möbel, die in den einzelnen Räumen standen, nicht die billigsten waren. Und jedes der Zimmer war aufgeräumt, als würde Besuch erwartet. Doch in keinem war ein Mensch zu entdecken. Nur das Schaf stand immer noch an der Tür und sah zu uns herüber.

Obwohl ich Papa damit aufgezogen hatte, beschlich mich ein unheimliches Gefühl. Wir kannten diese Amanda X nicht. Vielleicht hatten wir uns, ohne es zu wissen, in eine gefährliche Situation begeben? Sollten wir umkehren, bevor es zu spät war?

Kaum hatte ich den Gedanken zu Ende gedacht, stand eine Frau vor uns. Ich hatte sie aus keinem der Zimmer kommen sehen. Sie stand plötzlich in der Diele, als wäre sie von der Decke geschwebt.

C. Tielmann • H. Schulmeyer
Geschnappt!
Neue Rätselkrimis
CARLSEN